梅城之变

孙侃
著

浙江文艺出版社
Zhejiang Literature & Art Publishing House

图书在版编目（CIP）数据
梅城之变 / 孙侃著. -- 杭州 : 浙江文艺出版社,
2025. 1. -- ISBN 978-7-5339-7833-4
Ⅰ. I25
中国国家版本馆CIP数据核字第2025VL9349号

责任编辑　丁　辉
责任校对　朱　立
责任印制　吴春娟
封面设计　徐然然

梅城之变
孙侃　著

出版发行　浙江文艺出版社
地　　址　杭州市环城北路177号
邮　　编　310003
电　　话　0571-85176953(总编办)
　　　　　0571-85152727(市场部)
制　　版　杭州天一图文制作有限公司
印　　刷　浙江新华数码印务有限公司
开　　本　710毫米×1000毫米　1/16
字　　数　239千字
印　　张　18.5
插　　页　3
版　　次　2025年1月第1版
印　　次　2025年1月第1次印刷
书　　号　ISBN 978-7-5339-7833-4
定　　价　68.00元

目录

引子

一座古城的千年之变

一座有着1800年建城史的江南古城，一直以地处要冲、山水清幽、城郭巍然、市集繁华、人文荟萃而闻名于世。这里有流水澄碧的三江口，这里有“独有半朵”的梅花城，这里有阅尽沧桑的众多古牌坊。时代变迁，古城复兴。实施小城镇建设和严州古城恢复工程以来，昔日的严州古城，如今的梅城镇已愈显靓丽，成为杭州“三江两岸”生态和风景带上的一颗闪亮明珠。

有关严州古城最著名的诗作，自然莫过于唐朝诗歌大家孟浩然的《宿建德江》：“移舟泊烟渚，日暮客愁新。野旷天低树，江清月近人。”

这首诗没有直接写到严州城，着墨最多的是日暮时分客舟到岸的情景，作为旅客的诗人抵达之际的心绪，以及旷野上的树、江上的月，一切似与这座古城并无太大关联，甚至连诗题都以“建德江”为名，但这正是作者的巧妙之处，他以这条烟雾迷蒙的江，反衬出这座兀立于江畔的崔巍之城。她宁静安详，她月光朗照，她山水宽广，她流水清澈；这里有舟船停泊的码头，这里有黄昏时方才到来的客人，这里有袅袅炊烟，这里有月光下依然忙碌的人们。透过字里行间，我们已经看到旅人身后，那座码头的背后，便是高耸的城墙以及矗立的城楼，城内便是八街九陌、人烟市肆，夜色中繁华且安适。看得出来，诗人是把这处新到的地方，视为一向寻求的理想居所、身心的栖息地。

孟浩然的这首著名诗作，在某种程度上代表了古人眼里的严州。建城1800年以来，历经世事动荡，它一直以地处要冲、山水清幽、城郭巍然、市集繁华、人文荟萃而闻名于世，历代文人墨客凡居留或经过此地，多会留下赞颂其美丽的诗文，李白、王维、刘长卿、杜牧、罗隐、范仲淹、陆游等都是如此。东汉严光（字子陵）走遍天下，最后选择在富春江畔隐居，“吾郡山水闻天下，以严名州，子陵高节故也”（元·方道睿《思台文集序》）。而范仲淹在任睦州（北宋严州称睦州）知州时，不但留下诸多优美诗文，主持修建严子陵祠，还写下了一篇《严先生祠堂记》，“云山苍苍，江水泱泱，先生之风，山高水长”的名句流传千古。

位于浙江西部、今为建德市梅城镇的严州古城历史悠久。习近平在《与时俱进的浙江精神》一文中写道：“远在数万年前，浙江大地就已经出现了‘建德人’的足迹。”严州是浙江省境内最早有人类活动的地区。魏黄初二年（221），孙韶封领建德侯，取“建功立德”之意，建德之名因之诞生。吴黄武四年（225），分富春县（县治在今杭州市富阳区），置建德县。从公元225年到1960年，前后绵延1735年，这里都是建德县治所在；而从公元697年到1911年，这里更是睦州（严州）的州府治所，作为州府治所的时间长达1214年。

严州古城因水运而兴。在以水运为主要交通方式的古时，作为水路重埠、往来必经的咽喉之地，南北货物云集于此，严州成为兵家必争之

◇严州古城全景图（王春涛摄）

地，在当时的经济、军事乃至政治地位上，严州堪与杭州相媲美，“建德城即严州城，俗称梅花城，以临江一段雉堞半作梅花形故也”（民国《建德县志》）。梅城作为地名来源于古城墙，为朱元璋外甥李文忠将军于元末明初所主持修筑。此后，严州古城就享有“梅花城”的美誉。“天下梅花两朵半”，其中北京、南京各一朵，梅花城半朵，足可见严州古城之重要地位。

严州古城是一座牌坊之城。南宋文人董弅在《严州图经·坊市》中记载，严州有阜俗坊、辑睦坊等19座牌坊；光绪《建德县志·坊表》记载，当时的严州古城有里仁坊、辑睦坊等122座牌坊。而据其他史料记载，最多时，严州古城有199座牌坊。严州石牌坊巍然挺立，高耸云天，展现了严州人的高士之风，体现了光明磊落的君子情怀，呈现出宁折不弯、刚正不阿的严陵风骨。

正如南宋理学家、状元及第的严州人方逢辰所言，严州之所以成为望郡，实因“严陵之风”所致。这是一代代严州人独有的精神禀赋和财富。严州之名本身即是追慕“严陵之风”的一个标志性称谓。正是在这种特定精神内涵和特有山川景色的承载下，严州逐渐形成了深厚的文化积淀，渗透到政治、经济、社会、宗教等各个领域，经过千百年融合，形成了严陵之地独特的地域文化，即严州文化。严州文史专家、严州文化研究会会长陈利群归纳，严州人文精神中形成的“四风现象”，即君子之风、高士之风、仁者之风、义士之风，是严州人精神家园里最核心的精神高地。

“空江烟雨晚模糊，越峤吴峰定有无。宿鹭连拳鱼泼剌，败芦深处一灯孤。”（清·洪昇《晚泊》）严州古城繁华的鼎盛期在南宋，之后，尽管严州作为浙江第二州府的地位基本未变，但频繁的战争、自然灾害及其导致的经济凋敝，使得严州府城多次元气大伤。往往是正常景况稍有复原，还没多久，新一轮损毁就已降临。

清咸丰年间，清军与太平军在严州展开了四次争夺战，攻守双方对城垣和城内建筑造成了难以避免的损毁。1916年春，严州府知事以堞楼失修、维护费用昂贵为由，命令拆除多座城楼和城垣，仅剩澄清门和福运门。抗日战争时期，日军曾对严州古城进行了多次轰炸。1938年12月，为了方便居民逃生，严州古城城垣的东段、西段和北段大部分被拆除。而日军在占领期间，对古城的毁损也相当严重。

新中国成立后，严州古城不少建筑得以恢复，但从1961年元月起，因新建的富春江水电站库区蓄水所需，梅城防洪大坝施工，澄清门、福运门外的黄浦街、棋盘街被拆除。1966年，南段城墙改成了防洪大坝，澄清门、福运门城楼被拆除，门洞用大石块封闭。而在长达十年的“文化大革命”中，古城的不少历史文化遗存成了“破四旧”（指破除旧思想、旧文化、旧风俗、旧习惯）的对象，教场坊、清朝耳目坊和宣灵庙等一批古建筑被拆毁，城内的牌坊一度全部消失。改革开放时期，因为单纯追求经济发展，各类历史文化遗存又遭到了“建设性破坏”，不少精美的古建筑成了居民住宅、厂房仓库，日复一日地遭受人为破坏，古风醇厚的街巷被缺乏科学规划的城镇建设拓宽、拆除，古城内原本完善的生态水系几近绝迹。

杂乱破败的街衢屋舍，面目全非的城垣，丧失个性的城容镇貌面前，昔日的唐风宋韵早已消遁，曾经的州府难觅踪迹，乡愁无以安放，甚至连基本的生活需求和品质都难以保证。严州人对昔日风貌重现、古城再次蝶变的渴望越发强烈。从2012年启动的古城保护开发建设，到随后进行的棚户区改造和小城镇环境综合整治，直至2018年10月，梅城镇成为全省首个美丽城镇建设试点镇。在社会各界的热心支持下，通过全体梅城人数年的共同努力，严州古城的面貌发生了翻天覆地的变化，千百年前“四海商帮集聚，千车百帆喧嚣”的繁华景象再现，她已成为杭州“三江两岸”生态和风景带上的一颗闪亮明珠。

古城复兴，关键在于文化复兴。在这座“一步一历史、一物一故事”的古府，美丽城镇建设必须与保护传承历史文化遗存相得益彰。古城保护开发建设实施以来，建德市和梅城镇围绕把严州古城打造成最具吸引力、最具感染力、最具底蕴力、最具互动力、最具安居力的“五最”古城，重现古严州昔日繁华这一目标，积极利用历史文化研究成果，依据明万历年间编纂的《严州图经》、相关历史记载和文物照片等，突出重点区域和重要节点，纵向延伸背街小巷，打造独特韵味的南宋严州繁华街景，形成了独具外在形象和内涵气质的街衢风貌；全面贯通了消逝半个世纪的千年古河玉带河，复原了江家塘、十字街口、宋家湖、龙山书院、范公祠等沿线重要文化节点；修缮了澄清门、古城墙、西水门遗址、玉泉寺、东门瓮城、黄浦街、青云桥等历史建筑；重建了三元坊、辑睦坊、清朝耳目坊等19座牌坊，具有重要纪念意义的浙江大学西迁建德办学旧址、中共建德县工作委员会旧址、千鹤妇女精神教育基地等得以修缮和扩展。

如今的严州古城，美丽城镇的容颜愈见靓丽，生态环境和居住环境极大改善，历史文化古城韵味愈加浓郁，尤其是文旅产业日渐兴旺，多条沉浸式旅游线路陆续推出，四方游客络绎不绝。2023年，梅城镇全年接待游客289万人次，实现旅游收入2.1亿元，旅游收入已占全镇产业总收入的三分之一以上，现代化美丽城镇建设取得了辉煌成果。

“今后，我们将立足现有资源，下足保护功夫，做好宋韵文章，促进产业升级。一是筑好基础设施与生态环境之底。注重城镇综合基础设施的提升和水系综合整治，持续优化道路网络、修复湿地生态系统等。

◇严州古城国庆之夜（洪樟潮摄）

二是搭好公共服务与文旅发展之台。提升古城周边旅游接待能力，强化酒店、民宿和康养地产集群化建设，构建现代化的环三江口交通体系；完善古城运营管理长效机制，推进智慧旅游，打响宋韵文化区域品牌；打造浙大西迁文化、宋韵文化、千鹤一线红产业共富文化等多元文化体验线路；通过文化IP和形象识别系统设计，提升文化知名度。三是奏好经济产业与城乡融合之曲。优化农文旅体多融合产业链，丰富体验性旅游特色产品和新业态供给，培育和发展新兴产业，推动传统产业向智能化、现代化发展。”关于美丽城镇建设下一步的重点和突破点，梅城镇委书记邹泉如是说。

“浓似春云淡似烟，参差绿到大江边。斜阳流水推篷坐，翠色随人欲上船。”（清·纪昀《富春至严陵山水甚佳》）古城改造注重文明传承、文化延续，让古城留下记忆，让人们记住乡愁。作为全省新时代美丽城镇启航地，迭代版现代化美丽城镇建设正在向纵深开展。昔日的严州古城，如今的梅城镇正继续向美进发，朝共同富裕奔跑，吹响新征程的集结号。是的，承载着百姓对美好生活的热切期待，千年古府还将以更蓬勃的力量不断变化，呈现出历史与当下的完美交融。

第一章

一座千年城池的前世今生

第一节　三江万古流，从最初的建德到如今的梅城

拥有1800年的建城史，作为州府治所的历史长达1200多年，浙江行省也曾在此设立，地处新安江、富春江和兰江三江口的梅花城，在几千年光阴中有着怎样的经历？

“云山苍苍，江水泱泱。”三江汇合之处，土地肥沃，鱼虾易得，山清水秀，空气温润，必定是人类聚居的好地方。

今梅城镇一带究竟什么时候开始有人类活动，出现人口聚居的村落的，如今已不可考。中国科学院古脊椎动物与古人类研究所权威测定，现存于李家镇乌龟洞遗址的“建德人”，距今已有5万—10万年，是迄今发现的活动于浙江的最早人类。浙江人类的文明由“建德—河姆渡—良渚”这样的脉络构成。浙江人的祖先、越族人的祖先，基本可推断是“建德人”。

秦王政二十六年（前221），将这一带划为会稽郡（郡治在今绍兴）富春县辖地，县治在今杭州市富阳区，原辖境还包括今桐庐、建德等地。新莽始建国元年（9），改名“诛岁”。今富阳距梅城还有90公里，当时这里显然不是繁华的中心区域，而是一处颇显荒僻的所在，只是皇

上惦记，才被划入某处辖地。

东汉永建四年（129），从会稽郡分置出吴郡，富春县又属吴郡，县治仍在富阳，这一带依旧是宁静的水草丰茂之地。

说今梅城拥有1800年的建城史，是从三国吴帝孙权在位时，于吴黄武四年（225）分富春县（县治在今杭州市富阳区），置建德县，并把梅城作为县治算起的。也就是说，从这一年起，这里已摇身成为一座县城。

毋庸赘言，作为县城的它不可能从地下冒出，此时必定已是一座人口众多、市廛栉比、屋瓦鳞次的集镇，否则何以成为县衙所在地？朝廷也不会轻率地看中一块冷僻之地作为县城。也就是说，吴黄武四年之前，这里已是一座繁华的市镇，且是周边四乡八村的中心。

清代建德知县周兴峄曾在《大修州城并复东门记》中云："严之有城，始自春秋吴越之分，至汉以富春著名，绵历千载，环雉未移。"春秋之时，县治均筑有城垣，这座拥有县治头衔的集镇会不会已筑起了城垣？按周兴峄所言应该已经筑起，只是史书无考，亦无其他确切记载，因此不能认定它已拥有最初的城垣。

值得一提的是，"建德"这个地名就是在三国时期出现的，吴国开国将军孙韶曾被孙权封为建德侯，这一带曾是他的领地。那么可以推断，作为地名的"建德"一词，在三国吴之时甚至之前即已出现。

隋及唐初年，作为县治的此地，在行政区划方面颇为折腾。隋文帝杨坚于开皇九年（589）废除包括建德在内的三个县，将其并入吴宁县，县治设于金华。到了唐高祖李渊在位时的武德四年（621），恢复设置建德县，县治仍在今梅城。不料才过了三年，武德七年（624），建德县又被拆分且并入桐庐、雉山（今淳安）两县。而到了唐高宗李治在位时的永淳二年（683），建德县又得以恢复，今梅城便又成了县治。

所幸这番行政区划的变动速度极快，虽然令人眼花缭乱，但是分分合合基本只是转圈，此地被废县治的时间不长，未伤大的元气。

梅城地位的急遽提升，是在唐武则天称帝之后，从建德县治升格为睦州州治，作为经济、交通、军事、政治区域中心的位置一下子凸显了。

睦州是隋仁寿三年（603），由隋文帝杨坚在南朝新安郡的基础上设立的。南北朝割据时期，南北政权为显示自己是一个“大国”，滥设基层机构，“州—郡—县”三级机构多如牛毛。《北齐书·文宣帝纪》所载“百室之邑，便立州名；三户之民，空张郡目”，即是对这一怪现象的描述。据载，隋朝所取代的北周政权，设州211个、郡508个、县1124个。可想而知，这种“百室之邑可以成州，三户之民可以成郡”的夸张做法，使得基层治理机构十分臃肿，官吏人数非常庞大，百姓负担极其沉重。

隋统一中国后，隋文帝遂开始了全国性的行政区划改革，作为其“三大制度改革”（三省六部制、科举制、新的州县制）的组成部分，以彻底改变“民少官多、十羊九牧”的局面。开皇三年（583），隋文帝下诏原先的“州—郡—县”三级机构裁撤为“州—县”两级机构，此后又将州改为郡，恢复了秦朝实行的郡县制。据《隋书·地理志序》记载，隋大业年间，全国只设190个郡和1255个县，行政区划设置趋于合理。

隋开皇九年（589），废原南朝陈所设新安郡，并改始新县（今安徽省歙县东）为新安县，遂安（今属浙江省淳安县）、寿昌（今属浙江省建德市）两县并入新安县，归属婺州（治所在今浙江省金华市）管理。仁寿三年（603），在南朝新安郡的基础上设立睦州，遂安复设，属睦州管辖。大业三年（607），隋炀帝杨广改新安县为雉山县，改睦州为遂安郡，治所在雉山县，位于今淳安县西千岛湖南山岛附近。

唐武德四年（621），唐高祖李渊又恢复了睦州的州府建置，州治设于今桐庐，名为严州，这可能是“严州”第一次作为州府名，管辖今建德、桐庐两县（市）范围。三年后，严州被撤销并入睦州。同时建德县被一分为二，东建德属桐庐，西建德属雉山。此时，睦州州治仍在雉山。武周万岁通天二年（697），武周军队平定契丹叛乱，遂改元神功，当年即为神功元年，大赦天下。同年，下诏把睦州州治从雉山县迁移至建德县城，即今梅城。

成为州治后的建德县城，其政治、军事地位陡然上升。从唐朝年间的文人墨客留下来的大量诗文中还可以看出，成了睦州州治后，此地来往人员众多，文化交流活动不少，说明当时这里已然成为浙西文化重镇。

清代曾任严州知府的宗源瀚在《修严城小西门记》中言：“严之城，创于唐，改于宋。”也就是说，睦州（严州）的建城史应以唐为始，清初地理学家顾祖禹所著《读史方舆纪要》对此有详细记载。唐僖宗中和三年（883），董昌据杭州，柳超自常熟攻睦州城，战败被刺史韦诸所杀。中和四年（884），镇海节度使周宝裨将、余杭镇使陈晟攻睦州，驱逐刺史韦诸，朝廷因命陈晟为睦州刺史。陈晟在此筑起罗城（宋元史学家胡三省语：罗城，外大城也；子城，内小城也），这说明睦州城墙至少在唐代就有了，距今已有千余年。陈晟只是重修睦州城墙而已，可惜遗迹早已无存。

淳熙《严州图经》记载：“罗城：周回十二里二步。刁衎《大厅记》云：陈晟筑罗城。按旧经，周回十九里，高二十五尺，阔二丈五尺。今城，宣和三年平方腊后，知州周格重筑。城有八门：东曰望云，南曰定川、曰安流，西曰安泰、曰和平，北曰嘉贶，东北曰百顺，西南曰善利，善利门旧有复城，出溪湖雨间，相传为凤凰觜。既重筑，悉平之，

◇修葺后的古城墙（梅城镇政府提供）

塞为城隅。绍兴八年，知州董弅因父老有请，即城隅辟为门，还榜旧名。”这一段文字详细记录了这座古城最初的城垣面貌，以及各座城门的处所和名称。显然，陈晟所筑之罗城应是不高的土城。但即便如此，建成周长近10公里的土城也不是一件容易的事情。如果按现代的计量标准换算，城区面积约为5.6平方公里，是今梅城镇城区面积的四倍。这段记载还说了北宋宣和三年（1121），平方腊后知州周格在原罗城的基础上重筑严州城墙，形成了后世严州古城墙的基本格局。

从五代十国再到北宋，睦州在行政区划上几乎没有什么变化，发展也较平稳。北宋时，改睦州为新定郡，属江南东道，州治依旧未变。

北宋末期在睦州发生的最重要的历史事件是方腊起义。据说方腊为睦州青溪县（今淳安县）人，因不堪朝廷的残暴统治，利用白莲教聚集民众，于宣和二年（1120）十月发动起义，仅花了两个月时间，就攻克了睦州，震动朝野。北宋朝廷派童贯率重兵予以镇压。次年四月，方腊等人被俘获，尔后送至首都汴梁（今河南省开封市）处死。

方腊起义严重削弱了北宋的国力，沉重打击了北宋的统治。宣和三年五月，宋钦宗改睦州建德军为严州遂安军，即改睦州为严州。此时的严州属两浙路，治所在今梅城，辖建德、寿昌、桐庐、分水、青溪、遂安六县。之所以如此改动，一般认为是因为宋廷希望以后的执政者提防农民造反，对他们严加管教，这显然赋予了唐时的“严州”以新的含义。不过还有一种说法，则与严子陵有关。据说钦宗仰慕严光，便采用严陵滩典故，将“睦”改作“严”。其实严光本姓庄，东汉时为了避讳明帝刘庄，才把“庄”改为“严”的，后世之人却一直这样称呼他，本姓反被湮没。“惟严为州，山水清绝，有高贤之遐躅，久以辑睦得名，今因严陵记号”，这段出自中国现存最早的一部尚有地图的地方志《严州图经》的记载，也解释了严州“以严名州”之由来。

到了南宋时期，国都定于临安（今杭州）。度宗赵禥于咸淳元年（1265）将严州升为建德府（宋时，州与府是平级的，区别在于府的实际地位略高一些，大多数是中央重视的战略要地才设府），因为严州曾是高宗和度宗的潜邸（皇帝即位前的住所）。建德府还被列为“京畿三辅”，地位极其重要。

这一时期的建德府发展迅速，一方面利用扼三江（新安江、兰江、富春江）、连五州（金、衢、严、徽、杭）、通三省（浙、皖、赣）的独特地理优势，以运输业为龙头，发展成为钱塘江流域和浙西地区重镇；另一方面也带动了周边地区的农业和商贸的发展。周边的富裕带来了州府的繁华，州府的繁华又推动了周边的发达，两者无疑是相辅相成的。

元至元十四年（1277），改建德府为建德路（元时的路与府是平级的，但路的长官总管府比府的长官知府、府尹地位稍高）。

元至正十八年（1358），明将李文忠与邓愈、胡大海率兵，由徽州进攻建德路府城。当李文忠等所率兵勇抵达建德城时，元参政不花弃城而逃。李文忠遂镇守建德城，改建德路为建安府，又改为建德府。坐镇严州时，李文忠数次率兵击破来犯的张士诚军。

元至正二十六年（1366）秋，朱元璋下令东进，讨伐张士诚，湖州、杭州、绍兴的张士诚守军相继投降。李文忠受命进攻杭州以牵制敌军，相继攻克桐庐、新城、富阳等严州邻近地区，然后进攻余杭。次年九月，明军攻下张士诚最后一座城池苏州，张士诚自缢身亡。

李文忠是朱元璋的外甥，在朱元璋军队中身居高位，而浙江向为富庶之地，朱元璋对此有着极其清晰的认知。李文忠攻下严州后不久，朱元璋即宣布严州为李文忠封地，并在此设立浙江行省，严州的地位再次得以提升。

为什么严州能仿照南北二京体制，在此建起梅花城？这显然与严州是浙江行省的初设地有关。明代名士、建德人柴挺然在《建城记》一文中有言，严州"国初为元勋赐沐地。故其制特以百雉雄"。"赐沐地"即封地，"元勋"指的是李文忠。称李文忠为"元勋"，既言明了李文忠功绩之突出，同时也说明了浙江及严州对明朝的重要性。"雉"是城墙面积的计量单位，一雉长三丈、高一丈。百雉无疑已达到都城的规模了。《建德县志》上也有一段叙述，说明了梅花城的来历："建德城即严州城，俗称梅花城，以临江一段雉堞半作梅花形故也。""半朵梅花"落户严州当自此始。

有关梅花城的由来及内中奥妙，亦值得细细说道。

明洪武八年（1375），建德府又改称严州府，属浙江承宣布政使司，府治仍为建德，辖建德、寿昌、桐庐、分水、淳安、遂安六县。清时设有浙江省金衢严道，严州府隶属于该道。清宣统三年（1911）十月，废府设立严州军政分府，属浙江军政府，治所地未变，仍辖上述六县。

宋、元、明代均行乡里制，城郭内置坊，严州府（建德）亦是如此，各坊直属州府。清雍正六年（1728）推行“顺庄法”，建德被划成了五个区，梅城为城区，改坊为庄，直属于县。

民国年间，严州一带行政区划变动频繁，但在大部分时间里，建德（梅城）一直都是区域政治中心之所在。1912年10月，严州军政分府被废。1914年2月，置金华道，下设金、衢、严三府，治所设于衢县（今衢州市衢江区），原严州府所辖六县均归入金华道。1927年废道，原下辖各县均直属浙江省。同年建德城内改村里制，全县划为六个区，梅城为第一区，设区公所。1931年，设立第六行政督察区，两年后第六行政督察区专员办事处设于建德，辖建德、寿昌、桐庐、分水、淳安、遂安、昌化、於潜、孝丰、长兴、安吉十一县，此为以建德（梅城）为治所的行政区，所辖县数量最多的时期之一。

1935年9月，在兰溪（今金华兰溪市）设立第四行政督察区，建德、桐庐、分水属之；在衢县设立第五行政督察区，寿昌、淳安、遂安属之。1938年，“梅城”被定为当时建德县城的正式地名，称梅城镇，归属三都区。梅城镇这一地名沿用至今。梅城镇地名的来源，当然是因为这里向来被称作梅花城，可也就在这一年，梅花城城墙开始拆去，其理由是建设县城所需，但梅花城徒留地名，显然是个巨大的遗憾，好在这番拆墙未能拆净，江边城墙因防洪所需依然保留。

1941年，在梅城设建德县城区，但无区署，梅城镇归县直属。

眼花缭乱的行政区划变更在接下来的日子里继续着。1943年5月，又增设第十一行政督察区，专员公署始设淳安，后移建德（梅城），下辖建德、寿昌、淳安、桐庐、富阳、浦江六县。1947年5月底，第十一行政督察区被撤销，浦江县改属第四行政督察区，其余的五县直属浙江省。次年4月，第四行政督察区重设，建德、淳安、寿昌、桐庐、分水、遂安及常山、开化、新登、富阳十县属之，治所在淳安；同年8月，第四行政督察区辖县减为建德、寿昌、桐庐、分水、淳安、遂安六县，治所未变。

1949年5月5日，中国人民解放军二野12军35师解放梅城，遂在建德（梅城）设立第四专署，旋称建德专区。1950年3月，建德专区撤销，建德、寿昌、淳安、遂安四县改属金华专区；桐庐、分水两县改属临安专区。

1953年7月，地处梅城的上城乡、下城乡合并，设置梅城镇，为区属建制镇，仍属城关区。9月，改为县属建制镇，直属建德县，为建德县县城。

◇严州古城墙及城楼（王春涛摄）

1955年3月，建德专区复设，专员公署驻建德（梅城），辖建德、寿昌、淳安、遂安、桐庐、分水、富阳、新登、於潜、昌化、开化十一县。

1957年1月，应新安江水电站建设所需，析建德县置新安江区，直属建德专署。9月，临安、余杭两县由嘉兴专区划入，建德专区辖一区十三县。1958年11月，寿昌县并入建德县，建德专区辖建德、淳安、桐庐、昌化、临安、开化六县。1959年2月，建德专区撤销，建德、淳安、桐庐、开化四县划属金华专区；昌化、临安二县划属嘉兴专区。至此，建德作为一个专区（州府）治所的历史终告结束。

对于梅城镇来说，另一个巨大的区划变动，发生在1960年8月。为了顺应新安江水电站建设和发展，是月，建德县城自梅城镇迁移至白沙镇（今新安江街道）。至此，梅城镇从先前的专区（州府）治所一路降格为一个普通的镇，这在整个浙江省是绝无仅有的，在全国也是极其罕见的。

接下来的区划调整过程显得细小，但对了解梅城变迁和发展依然是有用的。1961年，各县设立县属地区，梅城镇归杨村桥地区管辖。次年，地区改区，梅城镇属梅城区。1963年，建德县划归杭州市。1964年2月，大洋、杨村桥两区合并，建立梅城区。1992年4月，南峰、千岳二乡并入梅城镇，属梅城区，同年撤区，各乡镇直属于县。2005年3月28日，洋尾乡并入梅城镇，区划保持至今。

以上便是梅城镇行政区划和境域变迁的历史概述，是我们叙述梅城之变过程中不可或缺的历史背景。

第二节 立德为侯，“高士之风”飘荡千年

建德地名的来历，与孙权有关，也与这里曾为人们理想中的“建德之国”有关。孙韶、范仲淹、陈尊宿……在上千年的历史上，一代又一代品质高洁、学养深厚、正直忠勇的德高之人孕育于这片土地，或在此成就辉煌业绩。

在梅城上千年历史中，很多重要事件和重要人物是不能忽略的。

孙韶是梅城早期发展过程中十分关键的人物。他是吴郡富春（今杭州市富阳区）人，三国时期吴国宗室、将领。孙韶从小与伯父孙河一起生活，孙河与孙坚同族，曾过继给姓俞的姑父，他战功卓著，孙策、孙坚十分赏识和器重他，便赐姓孙，将他列名于孙氏家族之中。

汉献帝建安九年（204），孙权之弟孙翊在宛陵（今安徽省宣城市）被叛将所杀。孙河闻报后连夜赶赴，怒责大都督妫览、郡丞戴员纵容部下行凶，竟被妫、戴二人所害。其时孙韶年仅16岁，闻讯后立即组织好孙河之部属，加固城防，整修武器，准备御敌，颇受孙权赞许。不久，孙权任命其为承烈校尉，并统领孙河旧部，食邑曲阿（今江苏省丹阳市）、丹徒（今江苏省镇江市丹徒区）两县，后又任命他为广陵（今江苏省扬州市江都区）太守、偏将军。

建安十三年（208），孙权徙治吴郡丹徒县，筑京城。次年，刘备表奏孙权为车骑将军、徐州牧。建安十六年（211），孙权徙治丹阳郡秣陵县，改京城为京口镇。建安十七年（212），孙权筑石头城，改秣陵为建业。魏黄初二年（221），孙权受封吴王，遂升孙韶为扬威将军，封建德

侯。侯，既是一种爵位，《礼记·王制》云：“王者之制禄爵，公、侯、伯、子、男，凡五等。”又是古时有国者的通称，《周易·屯》云：“勿用有攸往。利建侯。”这说明，刚过而立之年的孙韶已是一位镇守一方的将领。

公元222年，孙权建元黄武。吴黄武四年（225），孙权从家乡富春划出一部分土地，设置建德、桐庐二县，建德设县自此始。黄武七年（228），又置新昌县（后称寿昌县），将建德县作为孙韶的食邑。公元229年，孙权正尊号称帝，封孙韶为镇北将军。

有数十年时间，孙韶率兵镇守吴国边防（吴国北部边界在今江苏省中部一带），“善养士卒，得其死力”（西晋·陈寿《三国志·吴书·宗室传》），治理部队和地方有方，深得军心民心。孙韶还特意关注了解敌情，组织备战，因此能屡战屡胜，连不少居住在魏国边境的百姓也前来归附。一时间，徐、泗、江、淮之地（今江苏北部及中部地区）方圆数百里，竟乏百姓居住，成为奇观。

孙权统兵西征，与魏、蜀交战，吴都也迁至武昌（今属湖北省武汉市），孙韶多年都没有机会见到孙权。一直到孙权称帝，迁都建业（今南京），孙韶才得以朝见大帝。孙权问及边境的要塞、布阵、兵力等情况，以及魏国将帅之姓名，孙韶均对答如流。孙权大喜：“吾久不见公礼，不图进益乃尔。”于是加封孙韶领幽州牧，并持皇帝之节旄。吴赤乌四年（241），孙韶去世，享年53岁。

除了西晋史学家陈寿在《三国志》中对孙韶多有记录，元末明初小说家罗贯中也在其代表作《三国演义》中，对孙韶大胆用兵的谋略和举动多有描述。在第八十六回“难张温秦宓呈天辩 破曹丕徐盛用火攻”中，孙韶反对单纯防御，主张主动出击，年轻气盛的他甚至当面顶撞主帅徐盛，惹得徐盛欲以违抗军令之名将其正法。孙权闻讯飞马前来，救

◇建德侯孙韶塑像（梅城镇政府提供）

下孙韶。后来孙韶依然率三千精兵潜地过江，去实施他的用兵之法。孙韶有勇有谋的形象呼之欲出。

距梅城约25华里马目山下的孙家村，即为孙韶后裔于五代时迁入而形成的村落。孙家村尚留有孙家祠堂，门坊置于院落前墙左角，木石结构，门楣上书“汉富春治”。村口有古樟、亭桥，村中还建有建德侯庙。

上文提到，“建德”作为一座县城的名字，始于吴黄武四年（225），且因建德侯孙韶而闻名，但“建德”这一地名很可能之前即已出现，在此值得一说。

“建德”一词在史籍中很早就已出现。《道德经·河上公章句》云：“上德若谷，大白若辱，广德若不足，建德若揄，质直若渝。”这或许是“建德”一词第一次出现在史籍中。河上公解释“建德”为建设道德之人。《左传・鲁隐公八年》里又有如下言辞："无骇卒，羽父请谥与族，公问族于众仲。众仲对曰：天子建德，因生以赐姓，胙之土而命之氏。诸侯以字为谥，因以为族；官有世功，则有官族；邑亦如之。"晋代杜预将"天子建德"释为"立有德以为诸侯"。这里的"邑亦如之"，不单是指人需有道德修为，更多的则是指一个地方洋溢着道德之风。而《庄子・山木》中又有以下说法："南越有邑焉，名曰'建德之国'。其民愚而朴，少私而寡欲；知作而不知藏，与而不求其报；不知义之所适，不知礼之所将；猖狂妄行，乃蹈乎大方。其生可乐，其死可葬。"无机巧之心，淳朴而少私欲，只管耕耘而不问收获，奉献而不图回报，不拘泥礼义率性而为，生有安乐，死有归宿，这些品性正与建德之民吻合，也可以作为建德县名的来源。这一南越"建德之国"究竟在哪里？南越在古代往往指称岭南地区，即今广东一带，这里所指分明不是现今的建德，但有一点是无疑的，那就是这一想象中的理想国度，为人们心驰神往。将"建德"二字作为地名，后来又定为县名，显然是人们追求美好生活、崇尚高尚道德的表现。

据说孙权深受道家文化的影响，当年他从家乡富春县划出一块土地，建立了建德、桐庐、新昌三县。与建德一样，确立"桐庐"一名时，他特意以道家的传说人物，为黄帝做过医官、采药治病的桐君，作为这一新设县域县名的出处。

事实上，从原富春县划出的建德、桐庐，均为汉代高士严光的隐居地。据传，严光是庄子的后代，他在功成名就之后不慕富贵，不图名利，而是选择在山清水秀的地方，与大自然相融。严光为何选择这里，是否认定这里就是先祖笔下的"建德之国"？建德这一地名有无可能在东汉年间就已在民间约定俗成？一切都有待深入探求。

的确，在严州所辖各县中，建德置县虽然不是最早的，但以"建德”为县名，除隋开皇九年（589）因并入金华县而改称吴宁县外，一直沿用了1000多年，这表明“建德”之名不仅有其特定的人文内涵，而且代表了本地特殊的历史风貌，从而被统治者和当地百姓认同。

范仲淹并非睦州本地人，他任睦州知州的时间不足一年，即调任苏州知府。可说到北宋时期的睦州，范仲淹却是一位不可忽略的人物，他对睦州文化和教育事业发展的作用不可低估。

范仲淹祖籍邠州（今陕西省彬州、长武、旬邑、永寿四市县一带），出生于河北路真定府（今河北省正定县。有关范仲淹的出生地，另有“苏州说”和“徐州说”）。大中祥符八年（1015），范仲淹苦读及第，授广德军司理参军（负责本州讼狱勘鞫之事，从八至九品）。后历任兴化县令、秘阁校理、陈州通判、苏州知州、权知开封府等职。北宋与西夏的战争爆发后，康定元年（1040），与时任陕西安抚使韩琦共任陕西

◇龙山书院内的范仲淹塑像（梅城镇政府提供）

经略安抚招讨副使，巩固西北边防，对宋夏议和起到促进作用。西北边事稍宁后，仁宗召范仲淹回朝，授枢密副使，后拜参知政事。“庆历新政”受挫后，范仲淹自请出京，历知邠州、邓州、杭州、青州。皇祐四年（1052）改知颍州，在上任途中逝世。仁宗亲书其碑额为“褒贤之碑”。谥号“文正”，世称“范文正公”。

景祐元年（1034），范仲淹因率群臣谏阻仁宗皇帝废郭皇后，被贬至睦州任职。来到睦州后，他心情格外舒畅，写有“使君无一事，心共白云空”等诗句，说明他十分喜爱这个山清水秀、美德崇高的地方。上任后，向来重视教育的范仲淹，着手兴办学校。睦州府属孔庙原在府治东南隅，雍熙二年（985）由时任睦州知州田锡迁到西北隅，即今严州师范学校附属小学位置。范仲淹在视察孔庙和书院时，发现睦州府孔庙破旧，师生上课和住宿都极困难，遂拨款加以重修扩建，后又相继重修了明伦堂、联辉堂，新建时习、近思、克己、笃志四斋以及两庑，使睦州府孔庙得以充分完善。

据传，范仲淹还在乌龙山麓创办了龙山书院，开中国官办书院之先河。龙山书院落成后，他聘请著名学者李觏主持州学和书院的讲席，他本人也经常前往书院讲学授业。龙山书院影响日隆，成果斐然，一批官办或民办的书院在其带动下陆续兴办，培养了一大批有用之才。

范仲淹到睦州后，重修严先生祠堂。他仰慕严光的“高士之风”，非常敬佩严光不慕权贵、不贪荣禄的高风亮节，他来到富春山严陵祠拜谒时，发现由于年久失修，严陵祠已有倒塌之危险，即决定拨款重修。严陵祠重修落成后，他又亲自写下《严先生祠堂记》，高度赞美严光的为人，“云山苍苍，江水泱泱，先生之风，山高水长”成为千古名句。范仲淹在睦州任职期间，还写下了大量诗文，《和章岷从事斗茶歌》《谪守睦州作》《赴桐庐郡淮上遇风三首》《出守桐庐道中十绝》《萧洒桐庐郡十绝》《新定感兴五首》《游乌龙山寺》《桐庐郡斋书事》《留题方干处士旧居》《睦州谢上表》等诗文，脍炙人口，传诵至今。

由于范仲淹的政绩突出，地方官吏和百姓对他多有称道。明嘉靖十四年（1535），时任知府韩叔阳在思范亭前建思范坊，又在富寿牌坊义学旧址和福运门分别建范公祠，祭祀范仲淹。嘉靖三十八年（1559），知府韩叔阳、提学范惟一又在武定门外樊家山（今梅城原农药厂后）改建思范亭为三先生祠，祀“东南三贤”范仲淹、吕祖谦、张栻。1993年，梅城镇人民政府在正大街北面重建思范牌坊。

在梅城历史上，唐代僧人陈尊宿是不可忽略的一位。《五灯会元》卷四：“睦州陈尊宿，讳道明，江南陈氏后也。”据说陈尊宿呱呱坠地之时，产房内红光盈室，屋上祥云盖空，十天之后方才消散。他的形貌也颇不寻常，“目有重瞳，面列七星”，即双眼都是重瞳，脸上还排列着七颗星形黑痣。年幼时，他前往梅城西北角的开元寺拜佛，看见僧人竟有一种莫名的亲切感，回家后向父母提出要出家当和尚，父母竟遂了他的心愿。

陈尊宿在睦州开元寺出家后，“持戒精严，学通之藏”，经过多年的潜心修学，佛学知识渊博。后来他还专门来到福清黄檗山，参谒黄檗宗的堂头和尚希运禅师，获得教益。他在黄檗山讲经十年，因思念家中老母，就回到了睦州，居住在开元寺。他被信徒四众请往城东高峰山观音院讲经，造诣深厚，见解精辟，讲经时又深入浅出，很受欢迎，名闻远近，信众称他为“尊宿”，意即德高望重的大和尚。

佛教禅宗自南北朝创立，延续至今，并东传高丽、日本，成为一门国际性的佛教宗派。在禅宗南派“五家七宗”的演变过程中，陈尊宿起到了不可或缺的作用。他的佛学理论还启发了云门宗的创始人文偃和临济宗的创始人义玄（云门、临济为禅宗南派“五家七宗”中的二家）。宋太常博士吕希纯曾在《陈尊宿庵》诗中道："临济亲推出，云门手托开。于今两禅派，俱自睦州来。"说的就是陈尊宿对佛门的这一重大贡献。

睦州开元寺创建于唐神龙年间。公元705年，中宗李显接过武则天大周之帝位，恢复了李唐天下，建号神龙，寺院即取名为中兴寺。两年后，中宗改年号为景龙，中兴寺遂改名为龙兴寺。唐玄宗李隆基即位后改年号为开元，公元713年，寺院又改名为开元寺。直至唐末，寺院再未改名。北宋大中祥符元年（1008），开元寺改名为兜率寺。

南宋绍兴十四年（1144），罗汝楫知严州，曾撰《重建兜率寺记》，内有"汝楫少时，以事过新定子城之北。连闼洞开，有屋数千楹，目其榜，则兜率寺也"之句，描述了开元寺当年的规模。"千楹"指的是有千间房间，可见此时开元寺规模之盛。陈尊宿居开元寺是在此前的300年左右，那时的开元寺规模如何？从寺院按着皇帝改元建号而更改寺名的做法上分析，此时州府地位重要，且唐代州吏也有寄居于开元寺中（刘长卿曾有诗作记录）。由此可以推断，其时的开元寺，规模肯定不小。

南宋时编修的《严州图经》中有"建德府内外城图"，图的西北角上，标有"道场山""尊宿庵"等名，那一带即为开元古寺之旧址。陈尊宿自黄檗山归来后，一直居住在开元寺中，他的住处被众人称为尊宿庵。此庵自唐至宋、明、清，历代皆有修葺。今庵已不存，庵基犹在。2004年，开元寺迁建于梅城城西建昌山麓古七郎庙旧址。

唐时佛教炽盛，陈尊宿无疑是当时睦州最重要的人物之一，其影响十分巨大。陈尊宿97岁圆寂，信众们聚香柴焚其肉身，舍利如雨，将其收拾好之后立塔埋葬，并竖立塑像。北宋哲宗元符三年（1110），睦州知州马玗"请命于朝"，封赠陈尊宿为"悟空禅师"。次年三月，睦州府城举行盛大的法会，"州民大集，巷无居人"，僧俗人等齐聚寺院加以庆祝，并在他的居处旧址建起了尊宿庵。

第三节　风云卷挟中，多少护国拯民栋梁材

两宋时期，睦州成为严州，风云跌宕，名人辈出，为国扛鼎者有，主张仁政者有，呼啸山林者有。出了皇后杨桂枝，重新修筑的城池更显巍峨，梅花城也添了一个起因传说。依着赵彦肃《风雅十二诗谱》的音律，我们还能吟诗唱曲吗?

北宋时期，有两位土生土长的睦州人，其事迹值得在此一书。

江公望，字民表，睦州建德人。宋熙宁六年（1073）进士。起初担任河南（今洛阳西）县尉，职务虽然不高，却得到了名臣司马光的赏识，遂调任太常博士，可见他的业绩不凡。后于徽宗建中靖国元年(1101)，由太常博士拜左司谏。

这是一个专门负责向皇帝进谏的职位，很容易引起皇帝的不满和误解，但江公望尽心尽责，经常对朝政提出意见和建议，其中不乏尖锐的谏言，包括对徽宗本人的进谏，如：“陛下临御以来，易三言官，逐七谏臣，非天所期望。”“人君之于谏臣，养之不可不素，用之不可不审，听之不可不察，去之不可不谨。如此数者，则用谏之道尽矣!”他的这一“四不”之论，当时在朝野传为名言。

徽宗具有天生的艺术才华，能诗擅画，疏于朝政，热衷于奇玩怪石、珍禽异兽。对此，江公望多次进谏，希望徽宗戒除玩物丧志之习，多次指出畜养珍禽异兽并非初登帝位者所应做的事。徽宗知悉江公望的为人，知道他对谏言一向坚持不舍，只好戒了此习。几天后，徽宗召见

江公望说："所有珍禽都已放走，唯有白鹇一只，因畜养已久，对主人有了感情，始终不肯离去。"但为了表示对江公望的尊重，徽宗特意把江公望的姓名刻在赶跑珍禽的杖头上，时时提醒自己不忘谏言。

蔡京为宰相时，培植党羽，大兴党狱。江公望一向反对朝中不同政见者结派的行为，便专门撰写《乞为政取人无熙丰元祐之间》奏章，大大惹怒了蔡京，遂被贬至南安军（今江西省大余县），成为被地方官吏管束的流放者。直至建炎元年（1127），高宗即位后大赦天下，江公望方才得以告老还乡。

还乡后的江公望定居州府梅城，不久病逝于居所。建炎四年（1130），高宗追封他为右谏议大夫，制词曰："惟世道之多变，致国论之靡常。是非或出于爱憎，夷险独持于一节。权宠所忌，窜斥莫遑。"严州百姓还在严州府先贤祠内，设立牌位祭祀江公望。今梅城镇江家塘边与古街之间还矗立着一座高大的牌坊——里仁坊，即为纪念一代名臣

◇严州古城墙外沙场点兵塑像（陈小平摄）

江公望而建造。“里仁”出自《论语》“里仁为美，择不处仁，焉得知”之句，强调了择居、择邻当以仁德作为重要标准，从另一角度赞颂了江公望的人格之美。

这一时期不可遗漏的梅城重要人物，还有朱梦说，他的秉性和事迹与江公望相类似。

朱梦说，字岩隐，建德人。北宋末年，徽宗昏庸，朝纲腐败，内忧外患，整个宋朝随时都有可能崩溃。身处江南僻地严州的朱梦说以布衣的身份，向徽宗呈上《时务策》，尖锐地指出当时的政治有“三太”：“入仕之源太浊，不急之务太繁，宦寺之权太盛。”全文五千余言，痛切时弊，矛头直指宦官童贯，然石沉大海。随后，朱梦说又写下《上宰相书》上呈，恳求“君子居其位，则当死其官；未得其位，则当修其辞以明道”，不能事不关己，高高挂起，而应该“上以社稷为念，下以百姓为忧”。

可想而知，朱梦说几次上谏，惹怒了高官，后被编管池州（今安徽省池州市），至钦宗即位，方获平反，召入京城，入太学读书。此后，面临金兵南侵，朱梦说又毅然奔赴前线抗金，失败后回到南方。南宋初，朱梦说以“特奏名”的资格，取得进士身份，经多次升迁后任泰州（今江苏省泰州市一带）军事推官，为岳飞赏识，揽入幕府为干办公事，协助参谋军事，贡献良多。

朱梦说为坚定的主战派。当时的御史中丞辛炳也是一位正直之士，但朱梦说认为他未能向皇帝直谏收复之大计，便致书辛炳，揭露朝中上下皆以犬马声色为乐，以为天下太平，忘却徽、钦二圣尚滞北国，还指责辛炳未尽大臣之职责。辛炳得此书后惶恐不安，就把它呈送高宗。高宗被说到痛处，十分不悦，即下令岳飞辞退朱梦说。

君命难违，无可奈何的岳飞只得厚赠财物，让朱梦说回归故里。不过，比起那些后来冤死的岳飞部将来说，朱梦说还是幸运的，他在家乡严州终老。

如前文所述，在建德（梅城）的发展历史上，方腊似乎是一个绕不过去的人物。不仅睦州有可能因方腊起义而改名为严州，更重要的是，这一场农民起义极大地削弱了北宋国力，还强化了建德（梅城）的军事、经济、交通地位，使之进一步甩掉了远州僻地的形象，凸显了它的重要性。

其实，唐宋年间，睦州一带并不太平，尤其是雉山、清溪一带，时有农民反抗官府的事件发生。唐永徽四年（653），家住雉山县梓桐源田庄里（今属淳安县梓桐镇）的女农民陈硕真，与其妹夫章叔胤在清溪县覆船山六甲四十八党（今白际山脉主峰搁船尖云心寺）组织发动农民起义。陈硕真自称“文佳皇帝”，封章叔胤为“仆射”。他们率众夜袭桐庐，又连连攻克睦州、於潜（今杭州市临安区西），甚至试图攻入歙州（今安徽省歙县）、婺州（今浙江省金华市区），朝廷一时为之震惊。后唐廷命扬州刺史房仁裕和婺州刺史崔义玄分别率精兵镇压，起义终因寡不敌众而失败，陈硕真等人被俘，后被杀害。

方腊世代所居的睦州青溪县堰村，距陈硕真的家乡并不远。他从小就听说过陈硕真的故事，后又知睦州还建有天子基和万年楼，认定造反能导致时局变化，打击朝廷，每个人都有可能干成大事。方腊所居之处木材资源极其丰富，他家当时拥有一座漆园（专门种植漆树的园子），朝廷的人经常前来强取木材，方腊心生怨恨，伺机报复。当他听说苏州一带因宋徽宗的宠臣朱勔搜求花石，百姓怨声载道时，觉得民众对朝廷的不满已经十分强烈，认为起事的时机已到。

方腊能聚集起民众，还与他借助白莲教的势力有关。白莲教起源于外来的明教，明教又称摩尼教、明尊教等，公元3世纪中叶由波斯人摩尼（Mani）所创立、在巴比伦兴起的世界性宗教。一般认为，摩尼教吸收犹太教、基督教等教义而形成自己的信仰，传播到东方以后，又染上了一些佛教色彩。摩尼教在武则天延载元年（694）正式传入中国，后在民间衍化为白莲教，并成为下层民众结社、聚集的重要方式，宋元明清几朝的农民起义多与白莲教传播有关。因此，包括通过农民起义成功立朝者在内的多个皇帝，登基后都禁止白莲教在社会上传播。

宋宣和二年（1120）十月，方腊率众起义，自称圣公，建元永乐，并任命了一批文武官员，让每个义军成员都包上标明等级的头巾。方腊等为首者以鬼神那些隐秘难测的事互相煽动，焚烧房舍，掠夺金帛和女子，以此诱逼民众加入义军，而民众对朝廷的怨气很重，不到十天就有数万人参加起义，打败并杀死前来镇压的宋将蔡遵。

次月，方腊义军攻占青溪，十二月攻占睦、歙二州。南面攻克衢州，北面横扫新城、桐庐、富阳各县，进逼杭州，杭州郡守弃城逃走，义军杀死了一大批官员。由于宰相王黼粉饰太平，故意未向徽宗呈报方腊起兵一事，义军力量更显燎原之势，附近的兰溪、剡县（今浙江省嵊州市）、仙居、永康以及苏州、归安（今浙江省湖州市区）等地都有民众揭竿而起。

宋徽宗终于得悉此事，遂派童贯、谭稹等率兵前往镇压，同时也下诏废除了为搜集奇花异石而剥削民众的应奉局。宣和三年（1121）二月，方腊义军败退杭州。随之，有更多的官军围剿义军，收复诸多被义军占领的城池。四月，方腊和妻子、儿子以及重要随从在梓桐峒（今淳安县叶家乡洞源里村西南）的石涧中被俘，义军七万人被杀。方腊被押解京师，四个月后被杀。

《宋史》有云：“腊之起，破六州五十二县，戕平民二百万，所掠妇女自贼峒逃出，偎而缢于林中者，由汤岩、榴岭八十五里间，九村山谷相望。”此说法虽有夸张，但作为北宋末年规模最大的一次起义，方腊起义持续时间近一年，有数十万民众参与，两浙地区的六州及附近数十个县被攻占，确为事实。方腊起义过程中，镇压了一批贪官污吏和地主土豪，破坏了诸多城池，沉重地打击了宋廷在东南地区的统治。说方腊起义导致北宋国力削弱，金兵南下时无力反抗，是有一定道理的。

传说方腊率兵攻打睦州时，队伍行进至距睦州府城较近的新安江边，突然发现对岸有大批朝廷援军，兵力在万人以上，而这支义军仅有几千人。若是硬拼，显然对义军不利。怎么办？方腊马上想出了一个计谋。

次日早晨，官军主将和睦州知府来到江边眺望，察看义军动静，但见对岸漫山遍野旌旗招展，鼓声震天，一对对彪形大汉挥舞着大刀、长枪练习拼杀。缕缕炊烟升起，蔚为壮观，似乎有四五万人需要吃饭。诧异之时，忽然又看到对岸有数十名大汉挑着半人高的水桶，一担水少说也有数百斤，却能健步如飞。体魄如此强健的大汉，官军中是绝对没有的。这一切把官军主将和睦州知府看呆了，尤其是官军主将，吓得赶紧率兵后撤。

事实上，这只是方腊设下的空城计。那几百名练习拼杀的彪形大汉是从义军中挑选出来的，手里拿的是连夜赶制出来的大木刀、大木枪；那些挑水的大汉，肩上的大水桶其实是没有底的；而其余的人则分散在各处，有的打鼓，有的摇旗，有的烧火，总之装出人数极多、兵力极足的样子。方腊此计果然大为奏效，随后轻而易举地占据了睦州。这也说明了方腊并不单是勇猛，还极有用兵之策。

方腊起义给睦州带来了两点重要的影响，一是宣和三年（1121），宋廷希望以后的执政者提防农民造反，对他们严加管教，宋钦宗改睦州为严州；二是此后的严州修复府城，缩小了州城的规模，“平方腊，知州周格重筑，缩为十二里二步”（万历《严州府志》）。重筑后面积为2.25平方公里，仅为唐时城池面积的一半，直至宋宁宗嘉定六年（1213），再度修筑城池时，方才把面积扩大至3.75平方公里。

说起当年严州府城修葺重筑时又把规模扩大的事，似与其时皇后杨桂枝的提议有关。杨桂枝的祖上是宋朝首都开封人，靖康之变后才来到浙江，到了杨桂枝父亲这一代，原先的荣耀已经淡去，只能在淳安山区生活。

杨桂枝认严州是她的家乡，出生地为淳安县辽源十五里坑（今淳安县里商乡杉树坞龙门墈杨家基）。她善书画、工诗词，少时凭美丽姿容入选宫中。庆元元年（1195）封平乐郡夫人，尔后进封婕妤、婉仪。庆元六年（1200）封贵妃。嘉泰二年（1202），又以其美貌和才智被宁宗立为皇后。嘉定十七年（1224）闰八月，宁宗去世，理宗即帝位，杨桂枝为皇太后，并垂帘听政。次年四月，她主动撤销垂帘听政，去世后谥“恭圣仁烈皇太后”。

抑或是出身平民之故，成了宁宗皇后的杨桂枝数度为民请命，留下佳话。开禧元年（1205）十二月，她得知两浙（南宋两浙路包括今浙江全境和苏南）一带的百姓因为税赋极重，缴不出荒唐的“生子钱”，一旦家里生下男婴，就暗藏不报。她明白如此不利于民生，便请求宁宗减轻两浙百姓的徭役重赋。宋宁宗应杨皇后之请求，御批“尽免两浙生子钱”。

嘉定六年，严州知州宋钧主持修葺城池。因旧有城池年久失修，宋钧决定大修。“凡东西八百二十有二丈，南北三百四十有四丈。葺补者不与焉”，“濒江一带，雉堞如制，累经巨浸莫能坏。余虽土垣，犹乃坚

◇始建于元末明初的梅花古城墙（梅城镇政府提供）

好”（景定《严州续志》），说明这次修城不但规模大，质量也比较高，前后花了一年半时间方才结束。古代筑城修城是大事，必须经过朝廷同意。而此时，正是杨桂枝在宫中受宠之时，她对家乡这一巨大工程必然有所关注。宋钧趁这次修城之机，把城池扩大了三分之一，若无朝廷的首肯，宋钧绝无此胆量。而朝廷非但同意他这样做，还很有可能对皇后娘家予以拨款资助，杨桂枝从中起了什么作用可想而知。

在严州的民间传说中，甚至还有杨桂枝请旨为家乡修城，并在皇帝的同意下在严州修筑梅花城的故事。只可惜梅花城造了一半，杨桂枝就病逝了，因此留下了这半座梅花城。也就是说，半座梅花城的事情在宋理宗时期即已发生。这则民间传说显然源自民众善意地发挥了想象力，但也从侧面佐证了杨桂枝在这次修城及扩建过程中起到了特殊作用。

在南宋时期的严州，还有一位理学家赵彦肃（号复斋，人称复斋先生）是不能被遗忘的。他的祖上是东都洛阳人，后到严州做官，便定居于此，繁衍生息。赵彦肃于乾道二年（1166）中进士，后出任宁国军（今安徽省宣城市）掌书记，代摄郡政。后又相继担任秀州（今浙江省嘉兴市区）推官、华亭（今上海市松江区）县丞、保宁军（今浙江省金华市区）掌书记等职，体恤民众，主张仁政，主持正义，为官清廉。

高宗逝世后，孝宗按制执丧三年，赵彦肃亦按照古礼，为先皇执丧尽忠，孝宗十分感动，后任命赵彦肃为榷货务、都茶场场监。他发现都茶场每年都要向六路（路为宋元时期的行政区划，相当于后来的行省）征收所谓乳香（乳香是可作熏香剂的名贵药材，供皇室之用），总费用达二十四万缗，便向时任宰相进言，建议革除此项苛捐，后经宰相奏请皇上，得以采纳。

赵彦肃是一个大孝子。为官时，他把内外姻亲都请来同堂聚食，共享天伦。他把所有俸禄都交与母亲安排。母亲逝世后，他三天不进水米。母亲尚未下葬之时，他只喝粥，下葬之后，仍减食且以饮水代食。礼毕后依然只食蔬果，孝衣麻带草鞋终日不离身。服母丧期满前，他一直在家拒职，以致穷困潦倒，缺衣少食。朱熹闻知后，向当朝的宰相赵汝愚报知此事，赵汝愚遂决定起用他为宁海军（今浙江省杭州市及附近地区）节度使。正在这时，有诏书下达，说朝中有四位大臣联名举荐赵彦肃，而这四位大臣赵彦肃一个也不认识，这说明赵彦肃的人品已被广泛认可。

因痛恨朝中佞人横行，赵彦肃与友人吕祖谦等日夜谋虑，茶饭弗思，病患缠身，后朱熹罢官，赵汝愚、吕祖谦先后被罢，赵彦肃忧愤交加，身体每况愈下，一病不起。据传，赵彦肃去世后，家人几乎无钱将他安葬，后多方筹资方才完成丧葬。赵彦肃后被安葬在建德县芝川乡下王坞（今建德市乾潭镇芝峰村）。

赵彦肃是宋明理学中“心学”一派的创始人陆九渊的私淑弟子，在理学上功底深厚。他曾著《广杂学辨》《士冠礼、婚礼馈食图》，均为朱熹所推崇。但在《易经》研究方面与朱熹见解不同，朱熹认为赵彦肃的易说“为说太精，取义太密，或伤简易之趣”。但赵彦肃说《易》，在即象数以求义理，以六画为主，认为“先圣作《易》，有画而已。后圣系之，一言一字皆自画中来。譬如画师传神，非画烟云草木比也”。

中国古代的诗都是可以吟唱的，直至汉朝初年，《诗经》尚能吟唱，后乐谱逐渐失传。据说《诗经》乐谱的流传有四大系统，以赵彦肃所传唐开元乡饮酒礼所用之《风雅十二诗谱》为最早。赵彦肃的这一成果被朱熹记录在他编著的《仪礼经传通解》一书中，共录入风、雅各六首。《风雅十二诗谱》由宋末元初学者熊朋来所传承，收在《瑟谱》一书中，题名《诗旧谱》。光绪三十四年（1908），清政府学部图书馆还出版了云南学者袁嘉谷整理的《诗经古谱》，《风雅十二诗谱》亦收入其中。可以说，赵彦肃在中国古代音乐史上占有重要一页。

赵彦肃去世后，时任郡守郑之悌曾在严州祥符寺遗址建起赵复斋祠。宝祐三年（1255），时任知州季镛把赵彦肃的肖像绘于严州学宫之先贤祠。赵复斋祠的原址在府治东北建安山南麓，即今建德市第二人民医院院址。

第四节　拔地两尖耸文笔，陟空七级竖云梯

商辂的正直和忠诚，徐怀的耿介自守和廉洁为官，徐贯的一心办实

事、把名利看作浮云，俞夔在任时注重人心教化，致仕后力主重修严州南北双塔，宋璠的人品和学养……明清时期的严州重要人物，每个人的故事都是一本大书，名垂青史。

明清两代，出生或生活在梅城的名人更加灿若星辰，青史留名者数量更大，在此只能提及最重要的几位。

商辂是明代出生于严州的诸多名人中，最不能遗漏的一位。他先世本为东京汴梁人，祖籍淳安芝山（今淳安县里商乡里商村），因父亲商瑭在严州府当小吏，故在府吏舍内出生。后商瑭调至福建宁德县任典史，商辂随母亲回到淳安芝山村。他的不凡，最初表现在科举考试上，竟于宣德十年（1435）乡试、正统十年（1445）会试及殿试中均获第一名，是明代近三百年科举考试中第二个“三元及第”的人（第一个为安徽人黄观，但因忠于建文帝，后被成祖朱棣取消状元之名）。今梅城镇府前街宣威桥上的三元坊，即为正统十三年（1448），时任严州知府黄澍为表彰商辂此份荣耀而建。

“连中三元”后的商辂，初授翰林院修撰。因他仪表美好、身材高大，英宗朱祁镇亲自挑选他为展书官。

正统十四年（1449）八月，“土木之变”爆发，北方瓦剌军入侵，英宗被俘，由郕王朱祁钰监国。此时的商辂已入内阁，参预机要事务。他与兵部侍郎于谦等人一起，极力反对皇室南迁。不久，代宗朱祁钰即位，并尊英宗为太上皇。代宗升商辂为翰林院侍读，后又升为学士，再升为兵部左侍郎兼左春坊大学士。又任命于谦为兵部尚书，统领军务，守卫北京城。商辂积极协助，同时做好稳定民心的工作。最终，京师保卫战取得全面胜利。

英宗朱祁镇被瓦剌军放回，后趁代宗身体有恙，组织力量发动政变，夺回皇位，后人称之为“夺门之变”。英宗重新上台后，于谦被杀，与于谦站在一起的商辂也受到牵连，被关进东厂大狱。众臣向英宗劝说，若无商辂等人坚持抗击瓦剌军，京师必得南迁，英宗即便为瓦剌军所赦，仍无法回到朝廷，英宗方才下旨免去商辂的所谓罪名，只将其削职为民。

商辂回到家乡淳安，闲居十年。这十年中，他建起一座“仙居书屋”，平时赋诗自娱。他还出资为当地百姓凿山开道，铺路搭桥。他以理学家的身份，应邀前往江西庐山白鹿洞书院、铅山鹅湖书院讲学。

英宗驾崩后，其长子朱见深即位，是为宪宗。成化四年（1468），宪宗升商辂为兵部尚书，不久又升其为官户部尚书兼文渊阁大学士。成化七年（1471），获加官太子少保，升为吏部尚书。商辂不仅是三朝元老，还以大学士入阁处理朝政，代行相事（明朝不设宰相一职），俗称“阁老”，所以当时的老百姓称他为“商阁老”或“三元宰相”。虽历经沉浮，商辂却能长期身居高位，堪称奇迹。

宪宗想在宫殿的北面修建玉皇阁，用于礼仪与郊祭。为节省宫廷支出，商辂等大臣上谏取消此事。当时，出现了一系列灾害，商辂又上奏消除灾祸的八种方法，如对番僧国师法王，不要滥赐印章；四方日常的贡奉之外，不要接受玩赏的物品；允许众臣直言进谏；分别派遣刑部使者审查囚犯案卷，减少冤假错案；停止不急需的修建项目；充实三边军队的储备；守卫沿边的关隘；设置云南巡抚。宪宗采纳了商辂的建议，还下诏予以赞扬嘉奖。成化十三年（1477），商辂进升为谨身殿大学士。

为巩固统治，宪宗在东厂之外又设西厂，宦官汪直监督西厂时，“数兴大狱”，为所欲为。商辂便率同僚列出汪直的十一条罪状，上奏宪宗，要求严惩汪直，正值九卿项忠等人也弹劾汪直，宪宗无奈，只得当日即罢免汪直在西厂的职务，同时又严厉责备包括商辂在内的上奏者。

虽已免职，汪直仍受宪宗宠幸，言行依然猖狂，甚至诬陷商辂曾收受指挥使杨晔的贿赂，企图以此解脱自己的罪行。御史戴晋又在宪宗前颂扬汪直的功劳，请求恢复汪直在西厂的职务。

商辂难以接受这样的情况，也不甘于示弱，便竭力请求辞职，以示抗议。昏庸的宪宗居然同意了，下诏加封商辂为少保，同时赐命用驿车送他回乡。商辂由此退出朝政。

成化二十二年（1486）七月，商辂居家十年后去世，享年72岁。获知讣闻，宪宗深加悼惜，辍朝一日，并下圣旨："故少保兼吏部尚书谨身殿大学士商辂，性资刚直，操履端方，三榜魁名，四海仰其文学，两朝内阁庶政，资以经纶。念其往劳可无褒奖，兹特赠太傅衔，进光禄大夫，谥文毅。"

商辂为人正直，刚正不阿，宽厚有容，体恤民众，人品学问都十分杰出，是成化年间正直阁臣的代表人物之一，为国家的中流砥柱，受人敬仰，怪不得《明史》都引用了当时人们的评说："我朝贤佐，商公第一。"可以说，商辂是明代严州最重要的人物，对后世也具有较大的影响。

出生在严州建德，也在明代朝廷内担任重要官职的徐怀，因精于吏治，"居官勤慎，所至洗冤泽民，民咸德之"（《两浙名贤录》），同样名垂青史。天顺四年（1460）进士，成化年间供职刑部，由员外郎升江西按察佥事。期满后迁广东按察副使，守璚州（今海南省海口市一带），但尚未赴任，又改任湖广按察副使，再升按察使，不久，升江西右布政使，转左布政使。召回朝廷后，任都察院右副都御史，重点整治留都应天府（今江苏省南京市）的守卫部队，他还兼巡抚两京（应天府和顺天府），这无疑是一个极其重要的职务。

徐怀十分重视吏治，一方面他自己勤于政务，清白为人，匡扶正义，还纠正了一批错案冤案，为百姓做了很多实事；另一方面，对犯错的官员严加惩处，不徇私情。他的这种做法自然赢得了百姓和朝廷内正直官员的赞誉。徐怀之所以为后世所称颂、怀念，与他的耿介自守、廉洁为官直接有关。

为官三十多年后，徐怀几次以身体欠佳为由，欲退职回家，都没有被允准。晚年的他还升任为南京刑部右侍郎，但他再次以身体欠佳为由，请求致仕，仍然没有被允准。这说明当时在位的孝宗朱祐樘对他颇为赏识，还想着发挥他的作用。徐怀的才能和品质由此可见一斑。

弘治六年（1493）四月，徐怀因病去世。虽然为官多年，且职位颇高，但他没有资产留给家人。时任严州知府李德恢出于对徐怀的崇敬，在严州府治西，即东门街观音弄口，为他建起一座都宪坊。1934年，此坊因遭受火灾，部分被毁，残坊又在“文革”中毁弃殆尽。此外，在州府北门外新庙坞，还曾建有“钦赐祭葬明南京刑部侍郎徐怀墓坊”，该牌坊也早已倾圮。

在梅城，还有一座都宪坊，为纪念明代官员徐贯所立，立坊者亦是当时的严州知府李德恢，这两位徐姓官员逝世的时间只相差十年。

徐贯，淳安人，明英宗天顺元年（1457）进士，授兵部主事，历员外郎、郎中、福建右参政、福建右布政使、山东左布政使，拜都察院右副都御史、辽东巡抚，升工部右侍郎，历任左侍郎、工部尚书加太子少保。年老时以多病为由乞致仕，回到家乡度过晚年。去世后，朝廷仍封他为太子太保，谥号“康懿”。从这份履历中可以得悉，徐贯在多地担任过多个重要职务，回到朝中后，依然多次擢升，可见政声卓著。

明焦竑所撰《国朝献征录》对徐贯评价道：“贯温厚明敏。在职方久熟于边务，谋画章奏，一时郎署称首。巡视福建海道，料理苏松水患，绩亦可纪。其在辽东，风教少着，而晚节颇不竞云。”这段评价说出了徐贯的主要政绩，除了战功赫赫，多次尽力维护民众利益，他还是一位水利专家，是弘治年间的治水名臣。据载，当年苏州、松江一带连年洪水，朝廷派他前往治理。徐贯任用和指挥能干的官吏，率领民众采用合理的方法，疏浚河道，开挖水渠，修筑堤坝，水患渐渐平息。然而徐贯为人淡泊，并不与人争权，把名利看作浮云。

严州知府李德恢为徐贯所立之都宪坊，位于府治东，具体位置是在东门口观音弄口。抗战时期，在日军轰炸梅城时被毁。如今的都宪坊，是在2019年8月重修的。

接下来需要说一说的，便是倡议重修严州南北双塔的明代致仕官员俞夔了。

俞夔是严州州城人，生卒年不详，其父为明州督造指挥使俞廷贵。明武宗正德十二年（1517）进士，授江西省安福县知县。到任不久，即遇上宁王朱宸濠叛乱。安福县距宁王府所在的南昌不远，形势严峻。俞夔竭力安抚人心，确保安福社会稳定。叛乱平息后，俞夔修葺学宫，延揽师资，培养人才，注重人心教化和社会风气改良。他又筹资建造凤林浮桥，方便两岸民众来往。因政绩卓著，被擢升为长沙府同知。

在长沙，俞夔因平定匪乱，军功显著，被提升为四川安绵兵备道佥事，后又因平定少数民族匪寇，升四川按察副使，驻军建昌（今四川省西昌市）。在建昌任职期间，他深入吐番人聚居的山区，宣谕朝廷政策，同时又采取了扶持和让步的措施，使吐番人的生活得以改善。经过他的调解，多年互相仇杀的盐井卫（今四川盐源）的土司重修旧好，边境安宁得以保证。

因父亲俞廷贵病丧，俞夔回乡处理丧事，完毕返朝后补为江西南赣道兵备使，升江西按察使、布政使。嘉靖二十五年（1546）致仕，数年后卒于家乡。

致仕后的俞夔，在家乡又干成了一件功德无量的事，那就是倡议重修严州南北双塔，并捐资实施。

南北双塔即位于新安江（富春江）南北两岸的南峰塔和北峰塔，又称严陵双塔。双塔建造究竟始于何时已不可考，通常认为始建于宋代。南宋淳熙年间《严州图经》上已有标示。时任严州知州的诗人陆游有“潮生东西津，雨暗上下塔”（《自东津泛舟至桐溪》）之句，这说明至少在南宋，严州已筑有双塔，只是确切位置或有争议。至明代，双塔仍在，严州知府李德恢于孝宗弘治二年（1489）评定“严陵八景”，其中即有“双塔兆魁”一景。而徐贯撰有《严陵八景》组诗，其中《双塔兆魁》诗云：“巍巍对峙众山低，卯巽星峰谶不迷。拔地两尖耸文笔，陟空七级竖云梯。”说明至孝宗弘治年之末，双塔依然耸立。

俞夔致仕回到家乡后，看到严州的文化象征严陵双塔已经倾圮，十分焦虑，重建双塔成了他回到家乡后的第一件大事。此时双塔倾圮约莫已有四十年。虽然塔圮时间并不太长，但作为严州的文化象征，三江口是不能没有它们的。俞夔的倡议很快得到了响应，捐资集资之事后由知府庄壬春主持。士民百姓捐钱捐物，一些贫穷的百姓还愿意以工代捐，在重修现场出力。

嘉靖二十五年（1546）大年初一，北峰塔开始重建。同年六月，南峰塔也开工重建。经过两年时间，北峰塔建成。这时，巡盐御史鄢懋卿前来江南巡按盐政，来到严州。他应俞夔之请，撰写了《卯巽二峰建塔记》一文，详细记载了双塔的地理位置、人文意义，也写了俞夔倡议重修双塔的经过。

南峰塔在开工重建后，工程曾遭停辍，原因未有记载。是资金不足，还是主事者出了某种状况？不得而知。疑与俞夔有关。若以俞夔中进士时为25岁推算，此时的他已逾56岁。或许他的身体有恙，一时无

◇双塔凌云（王春涛摄）

人接替，导致资金匮乏，重建工程受阻，这种可能性不能排除。直到十年后，南峰塔方才由后任知府韩叔阳主持修筑完成。

严州府西曾建有一座兄弟进士坊，是为了表彰俞夔和他的弟弟俞稷（嘉靖二年进士）双双考取进士之成就，惜此坊早已倾圮。但在笔者看来，此坊的存在，还与俞夔的政绩有关，与他倡议重建南北双塔有关，南北双塔如同严州（梅城）的文化之魂，没有它们是万万不行的。

宋璠也是土生土长的严州人，家住严州州城东门街。其父宋圻安是拔贡生，未曾中举，对宋璠便更寄期望，宋璠从小时候起即被严格对待。宋璠读书也十分自觉，每天天还没有亮就已起床，读到半夜方才上床休息，平时连迎送宾客之类的俗礼也不参加。据说宋璠钻研学问并不是只看某一类、某一派的书，而是“总群书以进”，可谓博览群书。他还撰写读书心得，每天都要写上五六十张纸。这样多年坚持下来，仅是学习心得就达百万字，一摞摞地存放在箱子里。

嘉庆七年（1802），宋璠以拔贡生的身份来到京城，受聘于时任刑部员外郎的浙江同乡戴敦元，一边在戴家坐馆教书，一边为年后的乡试做准备。当时担任江南苏松太兵备道的杭州人龚丽正（号暗斋）要为儿子龚自珍请一名教师。因为欣赏宋璠的人品和学养，戴敦元就向龚丽正推荐了宋璠。

宋璠担任龚自珍的教师后，不仅教他学识，也教导他为人处世之道。龚家上下对宋璠极为敬重，都尊称他为“宋先生”。龚自珍进步很快，12岁那年，就在宋璠的指导下写出了《水仙花赋》《辨知觉》等文章，其中《水仙花赋》尤为脍炙人口：“姿既娉乎美人，品又齐乎高士。妍佳冷迈，故宜涤笔冰瓯者对之。”此赋以清雅的水仙比喻美人高士，文字华美，联想丰富，体现了龚自珍日后瑰丽古奥的创作风格。此赋还在字里行间透露出师生两人共同的高洁志趣，极为难得。

嘉庆九年（1804），宋璠参加顺天府乡试，中举后仍在龚家坐馆，教龚自珍读书，后返回严州老家。没料想，嘉庆十五年（1810），宋璠因感染时疾，突然病逝，年仅32岁。

宋璠是龚自珍重要的授业老师，他的人品、思想、学识、言行、才情、个性都深深地影响了龚自珍，为龚自珍后来的成就打下了基础。龚自珍十分敬重和钦服宋璠，对严师的病逝痛心不已。龚自珍在宋璠逝世后的第二年亲撰一词《水调歌头》，小序提道：“辛未六月二日风雨竟昼。检视败簏中严江宋先生遗墨，满眼凄然，赋此解。”可见情真意切。词云：“风雨飒然至，竟日作清寒。我思芳草不见，忽忽感华年。忆昔追随日久，镇把心魂相守，灯火四更天。高唱夜乌起，当作古人看。一枝榻，一炉茗，宛当前。几声草草休送，万古遂茫然。仙字蟫饥不食，故纸蝇钻不出，陈迹太辛酸。一掬大招泪，洒向暮云间。”

龚自珍24岁那年，还写下《宋先生述》一文，详细地叙述了宋璠的生平和学识，寄托了自己深深的哀思。直到晚年，他依然没有断绝对老师的思念，尤其是深感知音难求之时。“更说风流小宋，凄绝白杨荒草，谁哭墓门田！游侣半生死，想见涕潺湲。”（《水调歌头·寄徐二义尊大梁》）字里行间充满了对恩师的深情怀念。

“九州生气恃风雷，万马齐喑究可哀。我劝天公重抖擞，不拘一格降人才。”（《己亥杂诗·其一二五》）在这首著名的诗中，龚自珍认为，只有狂雷炸响般的巨大力量才能使中国大地发出勃勃生机，当下社会政局的毫无生气终究是一种悲哀。他奉劝上天要重新振作精神，不要再拘泥于固定的规格，以推出更多的人才。这首诗表达的是希望以一场变革来改变天下，希望统治者不要再扼杀人才、禁锢思想，但其中似乎也饱含着对具有真才实学却不幸英年早逝的恩师的怀念。宋璠用自己的心血培养出了一位思想家和文学家，这是他短暂一生中最大的成就。

第二章

半朵梅花城，为何落严州

第一节　巍巍乌龙山下，一颗晶亮的龙衔之珠

梅城被称为“诸帝潜龙之地”，确曾有三位宋帝于此“遥领”。那座山石乌黑、山体蜿蜒的“一郡之镇山”绵延横亘，山下的这座城池宛若珍珠，被这条乌龙衔于口中。狂涨的春水是拙劣的风水破解之术无法阻挡的。

发源于同一条千里岗山脉的两条江流，新安江和兰江，顺山而下，奔腾咆哮，在千里岗山和昱岭山脉、龙门山脉的交会处汇聚，汇成更为浩荡的富春江，至闻堰称钱塘江，东流入海。梅城就坐落在两江交汇的绝妙之处，山抱水环、依江而立的地理特点，赋予它肥沃丰饶的土地、突出的交通地位和非同寻常的气象风貌。

“龙飞凤舞，萃于钱塘；严陵接境，云山苍苍。吴根越角，郡实相当；一方形胜，宏伟非常。”（明万历《严州府志》卷一）这32个字，极其精练地道出了梅城景貌的特点和神采。

地处山川汇聚之地的梅城，被称为“诸帝潜龙之地”（民国《建德县志》卷二），并非信口开河。府城梅城之南是江流交汇之地，西、南、东三个方向气韵贯通；北面巍峨高耸的乌龙山，蜿蜒连绵，宛如卧龙。

山川之间的梅城实为龙衔之珠，“王气”洋溢已经遮掩不住。事实上，此地确实出过皇帝，而且还是三个，这无疑是“潜龙之地”的实证了。

北宋开国之年（960），赵匡胤之弟赵光义，时任殿前都虞候一职，21岁的他被封为光禄大夫、检校太保，行睦州刺史、睦州军防御使兼御史大夫。十六年后，赵光义继位称帝，是为宋太宗。此为第一个皇帝。

宋徽宗宣和三年（1121）十二月，14岁的九皇子赵构被特授太保，遂安、庆源等军节度使，进封康王。遂安军就是睦州（严州），治地即在梅城。六年后，赵构被群臣拥立为帝，庙号高宗。此为第二个皇帝。

宋理宗宝祐五年（1257）十一月，17岁的皇子赵禥特授镇南遂安军节度使，治地也在梅城。三年后，赵禥被立为太子，七年后登基，是为度宗。其间严州升格为建德府。此为第三个皇帝。

有人说，这三个皇帝虽然都担任过管治梅城的官职，但是没有真正在梅城出现过，即人在京城，挂个官名，对梅城只是“遥领”，并未实际执政。意思是这三个皇帝与梅城的关系是“虚”的。这样的说法显然并不确切，古时对官员的任命，采用“遥领”的方式实不少见，皇帝的诏敕圣旨是第一位的，某地归谁管辖，一切都以诏敕圣旨为准，实际是否执政往往并不重要。这是古时官职任命的特点之一。

如今，在两部宋代严州方志淳熙《严州图经》和景定《严州续志》中，有关这三位皇帝的九道诏敕圣旨都完整保留，为严州乃“潜龙之地”的重要证据。其中，景定《严州续志》卷一还有一段简要的评述：“严州在国初仍唐旧，为睦州，隶吴越。建隆元年太宗皇帝以皇弟领防御使。宣和三年十二月，高宗皇帝以皇子领遂安、庆源军节度使；翠华驻跸钱唐，郡为畿辅，地望日隆。宝祐五年十一月，诏以皇子忠王特授镇南遂安军节度使；景定元年六月，御笔立为皇太子，而此邦节镇，至是愈重云。”

◇乌龙山雪景（王春涛摄）

有关梅城的山川风貌，除了上文反复提及的两江交汇，三江浩荡，应该重点说一说的，便是乌龙山了。

“翠岩千尺倚溪斜，曾得严光作钓家。越嶂远分丁字水，腊梅迟见二年花。明时刀尺君须用，幽处田园我有涯。一壑风烟阳羡里，解龟休去路非赊。”这是唐朝诗人杜牧的《正初奉酬歙州刺史邢群》，写于他担任睦州刺史期间的唐大中二年（848）的年初。这苍翠的千尺悬崖倚江而立，这里可是严光曾经垂钓的地方。连绵的群山如同巨大的屏障，将江水分成了“丁”字形。在别的地方只能腊月开放的梅花，这里却是跨年仍在绽放……站在梅城之北的乌龙山巅向南眺望，诗人联想到同是由京官贬谪、担任歙州刺史的好友邢群，两个人相同的身世处境，让杜牧唏嘘不已。

公元846年秋，杜牧接到朝廷诏书，由池州刺史调任睦州刺史，这一年他43岁，却已在官场上经历了多次倾轧折腾。会昌二年（842），担任比部员外郎的杜牧遭宰相李德裕排挤，离开长安，外放至黄州担任刺史，两年后迁至池州担任刺史。会昌六年（846）春，武宗驾崩，宣宗即位，李德裕失势，杜牧以为自己升迁有望，谁知这一年的秋冬，他仅是由池州调任睦州，仍为刺史。

其时的睦州为一座沿江小郡，四周多山，户数仅九千五十四（《元和郡县志》卷二十五）。对于梦想在官场一展宏图的杜牧来说，这座舞台委实小了点，他沮丧的心情可想而知，登乌龙山便是他宣泄郁闷、调整心绪的方法之一。事实也的确如此。乌龙山巅的一番流连，让杜牧的心态变得平和，充满希望，对睦州的山川也增添了感情。在赞美睦州梅花生命力旺盛之后，上述《正初奉酬歙州刺史邢群》诗的后半阕，开始鼓励朋友：如今明君在上，你既然手握一方军政大权，就应该放手去做，而我或许只是留恋一方幽静的田园。好在这里离我位于阳羡的宅园不远，即便辞官归去，这点路程也能让我及时赶到。

杜牧起初对来到睦州任职的抱怨和惆怅，一是出于官场上的不得志，二是分明尚不识睦州一地山川的非凡魅力。乌龙山便是一脉绝对不可小视的山峦，它被尊称为“一郡之镇山”，让梅城背山面水，汇聚云山江流，成为“潜龙之地”，整座山峦坐北朝南，又是龙椅之象征，堪舆学上有祖山、靠山之谓，绝对的龙脉一条。

乌龙山东西绵亘五六十里，海拔800米以上山峰相连约7里。主体成扇形，主峰海拔909.7米，最高处海拔916.6米。按说这个海拔并非很高，即便在以丘陵为主的浙江，海拔远胜于它的多的是。之所以人们到了梅城，抬头望见此山都会吓一跳，深为它的高耸而惊慑，是因为它的相对高度十分明显，几乎是平地而起，高临江岸，有巨大的逼压之势。倘若在别的地方，哪怕山峦再高，往往也没有这股气势，这便是乌龙山的特别之处。

乌龙山这股逼压之势，在整座梅城都能感觉到。笔者在梅城的街巷里走动，在任何一处，只需稍加抬头，都能望见它的雄姿，感受到这股气势。然而在世世代代的梅城百姓心目中，这气势其实又是一股化不开的乡愁。当地人有一句俗话“一天不见乌龙山就会哭”，说的是梅城人日日与这座乌青色的大山相伴，已经把它与自己的身心融合在了一起。归乡游子从外地回来，远远望见这座高耸于城北的扇形山峦，知道家园就在不远处，眷念之情愫是无法用语言来表达的。

《读史方舆纪要》卷九〇载：“（严州）府东十五里，以乌石山而名。”这就是把乌龙山视作关隘了。乌石山扼富春江七里泷之上口，形势险要，历代多在此设关镇守。百回本《水浒传》第九十六回至第九十八回，宋江率梁山军欲沿江上溯进攻方腊军的老巢淳安，在乌龙岭（即乌龙山）与方腊军恶战，尽管最终攻下了乌龙岭和睦州，但损失惨重，乌龙山一战几乎成了梁山军走向终场的最重要一役。

梅城周边尚有锦沙冈、凤凰山、秀山、建安山、建昌山、范亭山等，多为乌龙山之余脉。而梅城城内的东湖和城外的西湖，起初都是乌龙山水下泄，冲击而成的洼地，因积水过多，不断淤塞，不断治理。唐懿宗咸通十年（869），由时任睦州刺史侯温主持，把这处洼地开凿成一处湖泊，因地处城西，故名西湖。

侯温此举当然不是为了效仿杭州，而是为了汇聚乌龙山的流水，及时排出城外入江。有了这处湖泊，还能抗洪涝，防干旱，利用湖水灌溉农田，其益处多多。不过，尽管西湖是一处水利设施，无意中却让州府添了一处胜景。据传西湖面积最大时达到了180亩，东至城墙根，北至西门外，南至新安江边，西至西山脚下，蔚为壮观。说“天下西湖三十六”，浙江有九，梅城西湖当为其一。

“武林有西湖，严陵亦有西湖。”这是明末清初文学家李渔《严陵西

◇西湖烟雨（王春涛摄）

湖记》开篇的句子。唐宋以来，梅城西湖相继建起了颇具规模、造型宏丽的寺院和台亭楼阁，更成为游人登临之地。“睦州江上水门西，荡桨扬帆各解携。今日天涯夜深坐，断肠偏忆阿银犁。”这是唐朝诗人韦庄的《忆小女银娘》，写的正是过去的梅城西湖之游，那番美景给韦庄留下了刻骨铭心的记忆。范仲淹在《萧洒桐庐郡十绝》诗中，也有“相呼采莲去，笑上木兰舟”的佳句。

当年睦州刺史侯温主持开凿西湖，北纳乌龙山南来之水，湖水流入庵口溪，经长桥至吕公桥流入新安江。侯温开凿西湖时，命人把疏浚的湖泥，堆在西湖南侧作为堤坝与新安江相隔，部分堆在湖中间，形成了一个洲。宋景祐元年（1034），知州范仲淹主持疏浚西湖，还修筑了南北堤坝，后人称范公堤，堤首曾立有“西湖碑记”。北宋末年，洲上已建有法言寺，堤坝上建有水月庵。南宋绍兴八年（1138）在洲西建桥，题额曰“宝华洲”，此为宝华洲得名之始。

宝华洲原在湖心，四面环水，有宝华寺，为宋靖康元年（1126）僧人文佑所建。到了明嘉靖四十二年（1563），在严州参政张子弘和知府张任的主持下，宝华寺西侧建起涣文堂，供本地书生读书，还请来名儒，为书生们讲学。从此，严州西湖成了读书人云集之地，所以又称来贤湖。清康熙五年（1666），严州知府刘茂先在宝华寺藏经阁东侧再建一阁，上题“昙花界”三字。因刘知府常邀好友来此喝茶谈禅，所以此阁又被称作昙花阁。到了道光五年（1825），宝华寺已破旧不堪。时任严州知府聂镐敏主持，把宝华寺及周边建筑一并改建成书院，招收学子就读。宝华寺由此变成了宝贤书院。同时又建石桥于宝华洲北，横跨于湖南，称为登瀛桥。

咸丰十一年（1861），太平军多次攻入严州城，宝贤书院毁于战火。光绪十年（1884），建德知县刘毓森重建宝贤书院，但以往浓厚的讲读氛围已经不再。后因来水减少，西湖的湖面不断缩小，尤其是西边的半个湖被逐渐填平，宝华洲也成了一个与西岸相连的半岛。

民国初年，建德县知事张良楷主持疏浚西湖，重砌湖坝，环湖夹植桃柳。直到20世纪50年代，每到春天，宝华洲上仍是桃花灼灼。据说当年宝华洲上的水蜜桃非常甜，这可能与其特别肥沃的土质有关。“长堤曲，东风渐展春痕绿。春痕绿，一川柳影，澹阴城郭。晚寒骤觉春衫薄，啼莺解惜桃花落。桃花落，斜阳湿透，半湖寒玉。”一代词宗夏承焘20世纪20年代曾在梅城从事教学，这首出自他之手的《忆秦娥·严州西湖》写得诗情画意，从中亦可见昔时梅城西湖及宝华洲的风采。可惜抗战期间，宝华洲横遭毁弃。

1968年，富春江水电站建成后，梅城成了水库的库区，西湖与新安江有堤坝完全相隔，成了内湖，但风景依然。2005年，当地政府对梅城西湖进行了疏浚加固，环湖步行道拓宽，植树养草，同时重建牌坊、亭阁、戏台等。宝贤书院也随之重建，仿古两层楼房，南面向阳，北面临水，粉墙黛瓦，褐柱朱檐，与前面的丽泽堂组合成一个幽静的四合院，美不胜收。

东湖位于梅城城东，地处城池之内，承接乌龙山的流水，当年也是一处水洼地。明嘉靖四十年（1561），“知府韩叔阳因旱涝不常，筑堤以捍之，遂成巨浸”（万历《严州府志》卷二）。经疏浚，东湖湖水由城北水斗门汇城东建安山泉而入。湖东有水门，湖水汇入碧溪，再流入新安江。

同为防洪排涝之用的东湖，历史明显短于西湖，遗存不能与西湖相比，但有一事在此值得一说。明时，盛行风水之说，有风水师认为州城下水方向的建安山不够高大，不符合所谓“青龙要高大，白虎不能抬头”的要求，难以起到“收气挡风”的作用，必须让东湖之水西流，以减缓下泄之气。应借助横穿城中的南沟，把东西两湖凿通，以使湖水西流。其时风水师竭力鼓捣，当地迷信的官吏推波助澜，使得沟通两湖成为太守们追逐“贤侯”称号的行为。事实上，由于两湖之水汇成一处，造成来水汹涌，冲决西湖坝，直到第三年才修复。此后，每当“春水狂涨”之时，湖水经常冲决湖坝，“岁久坝溃，湖水东泄”。显然，这一违背自然规律之举完全是劳民伤财。

清光绪二年（1876），在东湖坝上“刻石以镇牛”，所谓的风水化解之法同样没有用。1919年，建德县知事张良楷“堤上筑桥三窿，春涨时狂流可溢”，顺应了自然规律，“湖水倒流”的现象方才消失。如今，东西两湖虽然能通过宋家湖、戴家湖、江家湖、蔡家塘等相贯通，但水流顺畅，已相安无事。通过美丽城镇建设工程，东湖公园陆续打造“一环一带十节点”，它已成为集中观赏梅城人文历史文化的好去处。当然，这已是后话了。

第二节 家住梅城门向南，画楼正对南山岚

严州为何能享有京城的“待遇”，在明初被恩准建造半座梅花城？种种传闻至今未绝，但朱元璋擢升严州的地位，以江南为中心稳定天下的意图由此昭然。保存至今的梅花城堪称明代城市的活化石，历史意义和文化价值不可估量。

“天下梅花两朵半”，半朵为何在梅城？

所谓的“梅花”，是指城墙上方被砌筑成梅花形的雉堞，可作为守御城墙者在反击攻城者时的掩蔽之用。在梅城，素有“天下梅花两朵半，北京一朵，南京一朵，严州半朵”的民谚，无疑让梅城人骄傲。因为按照古时规定，只有京城可以砌筑成梅花城。天下梅花两朵半，一朵在南京，一朵在北京，但严州仅是州府，南面沿江一段的雉堞被砌筑成梅花形，使这里成为半朵梅花城，严州享有了半座京城的待遇，这究竟是什么原因？

1938年，“栴城”被定为当时建德县城的正式地名，称梅城镇，之前，从南宋初年起一直称为严州，梅城仅是文人对这座府城的雅称。据文史专家、严州文化研究会会长陈利群介绍，目前能见到的最早称呼梅城的诗文，出自清初女诗人詹瑞芝之手，她在诗中写道：“家住梅城门向南，画楼正对南山岚。”詹瑞芝之父詹惟圣为清顺治九年（1652）壬辰科进士，世居严州城小南门内徽州会馆一带。詹瑞芝自小在此长大，她诗作中所写“画楼正对南山岚”，与今天梅城小南门的地理位置及山川地貌完全吻合。此后，在地理方志和文人杂记中，有关梅城的记载日

渐增多。1938年，为便于百姓逃难，政府下令拆除东西北三面城墙，仅留下临江南面的城墙。在当地人心中，城墙倒了就意味着城没了，为了纪念这座千年古城，当地人决定留下“梅城”的名字，利于念想，梅城镇的全名记载也有了明确的记录。可以说，梅城之名是“先有梅花城，后有梅城镇”。

严州府城被称为梅城的第二个原因，是为了纪念唐代四大名相之一的宋璟和他的文学名篇《梅花赋》。宋璟才华横溢，弱冠举进士，在病中见寒梅初放，写下了千古名篇《梅花赋》，受到历代文人雅士的推崇。在宋璟被贬任睦州刺史300多年后的宋代，在严州府城东北角，建有一座赋梅堂，内刻宋璟的《梅花赋》。乾隆皇帝特别喜爱宋璟的《梅花赋》，在他南巡驻跸沙河梅园时，专门书写《梅花赋》全文，并亲绘梅花图一幅，送给梅园作为纪念。后人不仅在严州古城的七贤祠内供奉宋璟，还在府衙内建赋梅堂。严州府衙的赋梅堂，是严州府衙内七大纪念性建筑之一（其他六处建筑分别是：纪念范仲淹的府衙正堂思范堂和潇洒园、潇洒楼，纪念杜牧的潺湲阁，纪念严子陵的高风堂，纪念刻印蒲松龄《聊斋志异》的青柯亭）。因此，可以推断，梅城之名渊源与大唐宋璟《梅花赋》也是极有关系的。

如前文所述，严州（睦州）府城整座城垣始建于唐，北宋末年因方腊起义，城垣受到极大破坏。战事平息之后，睦州知州周格于宣和三年（1121）改筑。未料到了元代，皇上竟然下诏毁城，加之战乱，严州府城城垣仅剩基址，其上仅编织荆篱，以防逾越。等到元末明初李文忠移城重筑之时，严州府城城垣几无所剩，可以说是空纸一张，李文忠获得了挥洒想象力的好机会，筑就一座巍峨壮观、固若金汤的城池，自然是他的迫切愿望。

那么，李文忠重筑严州府城时，为什么被恩准建造半座梅花城，并让严州府城城墙雉堞砌筑成梅花形，让严州享有半座京城的待遇？有人分析，主要是由于李文忠的地位尊崇。明代名士、建德人柴挺然在《建城记》一文中说，严州“国初为元勋赐沐地。故其制特以百雉雄”。“赐沐地”即封地，“元勋”指的是李文忠。既然是“元勋”，其待遇当然超过他人。李文忠后来又在北征元室残余时建有大功，被封为曹国公，死后又被赐予入祀帝庙的最高荣誉，在明朝十二位开国功臣中名列第三，仅次于大元帅徐达和常遇春，可见李文忠地位的不凡。李文忠功勋卓著，朱元璋恩准其建造半座梅花城，目的在于表明此地主政者身份，表彰他的功绩。

重筑严州府城时，南面城墙上的雉堞被设计成梅花状，便于士兵射箭，且梅花的形状，五个花瓣，下宽上窄，敌人自下往上看不易发现防御士兵，可以起到较好的隐蔽作用，达到军事防御的目的。这便是从军事角度考虑城墙雉堞被砌筑成梅花状的原因。

在民间传说中，还有一个梅花城来历的说法，说是朱元璋的一个妃

◇清末民初，严州府城墙上梅花形雉堞（费佩德摄）

子提议的，因为这个妃子很喜欢梅花，且她又是严州人。朱元璋很喜欢这个妃子，便顺了她的心。可惜，梅花城还没有建完，这个妃子就去世了。这个说法浪漫而凄婉，姑妄听之。

按中国行政建制的通常做法，作为县城的地方一般筑有城池。也就是说，当年三国吴帝孙权把建德从富春析出，单独设县后，这里应已筑起了最初的城垣，无考。两晋、唐及两宋时期，尽管行政区划变动令人眼花缭乱，但其分分合合基本只是转圈，这里被废县治的时间并不长。李文忠在此筑城之时，唐中和四年（884）所建之城垣应还是存在的，北宋宣和三年（1121），平方腊后知州周格即重筑严州城墙，李文忠只是在原先城垣的基础上重修。

元至正十八年（1358），李文忠率兵攻下严州，改建德路为建安府，不久又改为建德府。浙江向为富庶之地，是钱粮的重要来源地。朱元璋试图以江南为中心稳定天下，后来又在南京称帝，邻近南京的严州，其军事地位逐渐彰显，朱元璋对此有着极其清晰的认知。因此，攻下严州后不久，朱元璋即派李文忠镇守严州，宣布严州为李文忠封地，封李文忠为浙江行省左丞，并在此设立浙江行省。严州的地位得以擢升，加之战争毁坏，重建府城当在情理之中。

李文忠重修严州城墙的同时，对整座严州城的形制也进行了较大幅度的改变。

据明万历《严州府志》记载，重筑严州府城之时，除了彻底改造城墙，李文忠对严州府城的形制做出了如下移改："西北移入正东三百五十步，正北移入八十五步，正南移出一百六十步。周回八里二十三步六分，高二丈四尺，阔二丈五尺。"换算成公制面积约合1.02平方公里，并设城门五座。此后近700年，严州府城的范围和格局没有再更改，保留至今。这样的移改显然出于军事目的。因为如此移改，府城的东、西、南三面皆有天然之水环绕，可以起到护城河的作用，而北面则是倚山筑城，可以居高临下，以逸待劳。

严州府城的街巷也在重筑时得到了调整，主要是对京城的仿造。《周礼·考工记》对王都的表述为：“匠人营国，方九里，旁三门。国中九经九纬，经涂九轨。”京城的布局往往正是这样。李文忠在对府城街巷进行调整之时，无疑参照了王都的街巷布局。严州文史学家朱睦卿发现，对照严州州城的历史地图和今天的实际情况，可以清楚地看出城中街道三纵三横的格局。横（东西）向的主干道为西门街和总府街，东接东湖，西通西门；北侧为西门后街和总府后街，东接县衙，西通小西门；南侧为东门街与三星街，东通东门，西通西湖水门。纵（南北）向主干道为正大街，北接府衙，南通大南门；东侧为宇民路，北接县衙，南通小南门；西侧为后历路，南抵城墙，北接西门后街。整座城池的格局十分规整。朱睦卿曾专门查看了浙江省内另外十个州城的古地图，发现这些州府的街巷尽是东歪西斜的，在规整程度上没有一座可与严州府城相比。因此，保存至今的严州府城堪称明代城市的活化石，有着极大的历史意义和文化价值。

那么，严州府城如此大幅度地重筑，其设计者究竟是谁？

元末明初军事家、政治家、文学家，明朝开国元勋，“明初诗文三大家”之一的刘基很可能与严州府城的这次重筑有关。刘基，字伯温，浙江青田九都南田山之武阳村（今浙江省文成县南田镇武阳村）人。他自幼聪慧好读，足智多谋。元至正二十年（1360），辞官在家的刘伯温应朱元璋之请，至应天任谋臣，参与机要决策。针对当时形势，提出了时务十八策，被采纳，后又陆续陈策。他还协助李文忠，打过好几场胜仗。朱元璋称帝后，任御史中丞兼太史令，参与制定历法、奏立军卫法。

需要指出的是，严州府城重筑之时，李文忠才19岁。尽管战功显赫，但在筑城方面若没有高人指点，是很难达到这样的效果的。且刘伯温与李文忠关系密切，在严州民间也颇有影响，刘伯温被描述成一个能呼风唤雨的传奇人物，这也表明了他与严州有千丝万缕的联系。

如今，在距梅城城南十多里的地方，还保留着一处刘伯温的遗存：镌刻有手书“石壁”二字的巨型摩崖石刻。民国《建德县志》载：“石字高九尺二寸，阔一丈三尺五分；壁字高一丈一尺，阔一丈八寸三分。”有人猜测，刘伯温写这两个字，明显含有军事威慑意图。他是在警告来犯者，严州府城固若金汤，是无法攻入的。从这两个字的含义来分析，刘伯温对府城的坚不可摧有着极大的信心。从中也可以推知他与这座城池的密切关系，他是设计者的可能性或许得到了新的印证。

明代严州府城的设计者究竟是谁，还需要更为确凿的证据，但关于这座梅花城的来历，民间一直有着多种说法，有的说法明显不符合历史真实，却因寄寓着真善美之意愿，便有了另外的价值。

方腊起义被镇压后，据说宋钦宗因仰慕严光，便采用严陵滩典故，将“睦”改作“严”。《严州图经》中有“惟严为州，山水清绝，有高贤之遐躅，久以辑睦得名，今因严陵记号”的记载，解释了严州“以严名州”之由来。这一记载应被认为是信史。但严子陵智建梅花城的故事，明显是民间演绎，因为梅花城不可能在东汉时期即已出现。这只是对严子陵高洁品格、过人智慧和为民情怀的赞美，然而因在民间流传甚广，颇具民间艺术魅力，值得在此一说。

相传严子陵辅佐刘秀建立东汉之后，因看不惯那些朝中小人，时刻惦念穷苦百姓，便向刘秀提出辞官。刘秀虽知严子陵是个忠臣，像他这样的人才也难得，但终究拗不过严子陵的请求，不得不同意他辞官离

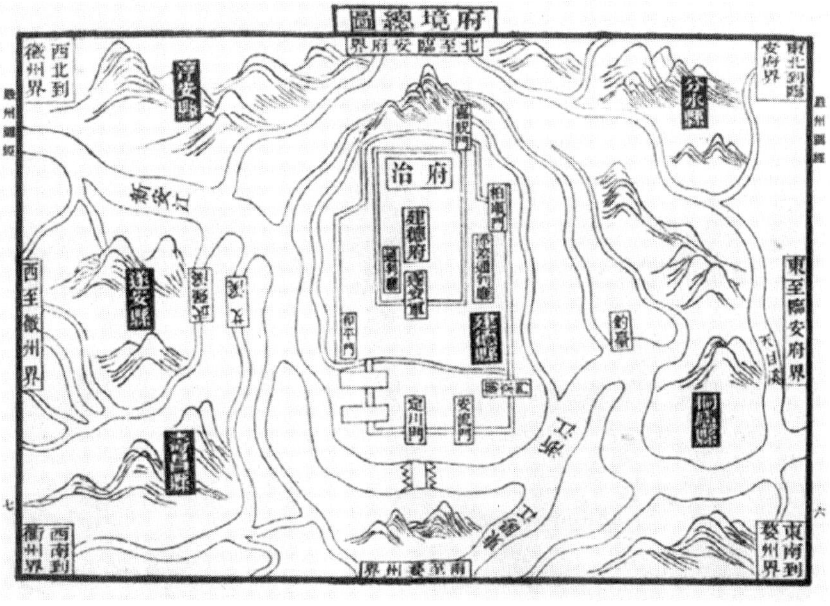

◇《严州图经》上的严州府府境总图（梅城镇政府提供）

京。严子陵离去前，刘秀问他有什么要求，严子陵只向刘秀要了一根绳子。

离开京城后的严子陵一路南下，想找个好地方建造一座城池，也想安顿自己。他沿着富春江逆流往西，在富春江与兰江汇合处，发现了一座巍峨雄奇的青山，不得不停了下来。他要在山下江边的这块平川上建造一座城池。

严子陵在这块平川上打下了五个桩，再用身边带着的那条绳子一绕，结成了一朵梅花。他在这圈起来的土地上建造了一座坚固漂亮的梅花城，连那城墙上方都镶有一朵朵梅花。有了这座城，流离失所的百姓们有了栖身之处，市面也变得繁荣起来。不料，严子陵建造梅花城的事情遭到了奸臣小人们的嫉妒，他们纷纷向刘秀告状，说严子陵私自造城，企图谋反。因为梅花城只有皇帝才能建造，私自建造是要砍头的。

刘秀当然不相信严子陵会谋反，他太清楚严子陵是个淡泊功名利禄的人了，但有关私自造城一事，他倒是想了解一下究竟，便派了钦差前往调查。

钦差到了梅花城，找到严子陵。严子陵却对钦差说，我建造梅花城可是“奉旨行事”，因为我手上有皇上赐予的梅花绳。原来当地的土话“绳”与“城”不分，都念作“城”，梅花绳就是梅花城，这让钦差无话可说，严子陵的性命也就保住了。但这名钦差不肯罢休，抬头望见乌龙山，又发现城里还有东西两湖，就说梅花城背后的那座山是一条龙，山下的两片湖是龙的两只眼睛，这龙如果腾飞，那对真龙天子肯定不利，便要严子陵填掉其中一片湖，“独目不成龙”，对皇上就没有威胁了。

严子陵自然不愿办这件事，他知道钦差如此要求他也是在为难他，便不得不离开了梅花城，顺富春江而下，在七里泷山中隐居起来，在那里垂钓躬耕，颐养天年。后来，皇上又征召过他，严子陵依然不就。百姓一直惦念着他，把他隐居的地方称为“严陵濑”，把梅花城唤作“严州”。

没错，这则民间传说把严子陵与梅花城联系在了一起，显然是虚构的，但道出了严子陵的为人品质，寄寓着百姓对清官好人的期待，也展现了这座梅花城的神妙，还是极具价值的。

第三节　水陆险巇，扼徽浙两省之要冲

从秦代渐攒人气，成为水陆交通节点，到太平军与清军进行拉锯式战斗，严州（睦州）向来是兵家必争之地，谁占据了此地，谁就握住了胜券。“严州不守，临安必危”，不仅是一句有名的军事警策之语，更彰

显其重要的军事战略地位。

今梅城一地的出现，尤其是严州府城的筑造，以及后来的日趋繁华，都与这里便捷的交通有关。而交通便捷之处往往正是军事枢纽。要真正认识严州（梅城）这座城池，就不能忽略它的地理位置。

严州府城地处富春江中游地区，位于新安江、富春江和兰江的交汇处，在古代相当于浙江全省的水路交通中心，扼守三江水路咽喉。它西连徽州，东去为杭州，处于浙江西去安徽最重要线路的中间地段，又是新安江上游徽、婺、衢、处四个州府通往下游杭、嘉、湖甚至绍、甬的交通要冲，其交通和军事枢纽的重要性无须赘言。

事实上，早在秦代，这里特有的交通和军事地位就已被发现。秦始皇一统六国，设立郡县制，此地隶属于会稽郡富春县。秦朝之后，这里渐攒人气，又历经汉朝400多年的繁衍生息，今梅城一带的人口规模在东汉末年迅速扩大，达到了县的规模。古代航运依赖水，便利的航运条件，使得这一地区逐渐兴旺起来，其坐落于钱塘江上游重要的战略位置，也让地区当权者逐渐意识到此处的重要性。至三国时期孙权坐镇南京，他将原来的富春区域进一步分割，于是便有了建德县。建德从三国时建县，到隋朝时期隶属于睦州管辖。唐武则天时，睦州州治在淳安，因地处上游，水流湍急，常有沉船事故发生，睦州州治便迁至今梅城。由于其不可替代的交通及商贸地位，在此之后直到民国时期，今梅城一直是睦州、严州州治及建德县治所在地。

唐代以前，由于政治、经济重心都在中原地区，军事上的争夺也多在黄河流域展开，江浙一带相对来说比较平静，睦州作为军事枢纽的作用并未显现。宋朝以后，随着江南地区的开发，江浙经济日益繁荣，成为朝廷征收赋税的重要地区，人民大众与统治者的矛盾也日益尖锐，北宋末年，睦州一带发生的方腊起义声势浩大，对北宋王朝造成了严重的打击。

前文已经讲到，《水浒传》中，宋江率梁山军在睦州府城后面的乌龙岭（即乌龙山）与方腊军恶战，最终惨胜。乌龙山或曰乌龙关之险要由此可知。虽然文学作品免不了夸张，但睦州及乌龙山、三江口等附近的地形地貌在军事上的重要性，已在两军激战的过程中初步显现。

到了南宋末年，元军围攻京师临安，皇室已下诏投降，但浙西的严、衢、婺等州县军民却不愿伏地臣服，而是纷纷起兵抗击元军。元临安留守董文炳急派副将唆都领兵赶往严州。“严州不守，临安必危，公往镇之”（《读史方舆纪要》卷九〇），“至严方十日，衢、婺、徽连兵来攻，唆都战却之”（《元史·唆都传》）。无论是元军还是南宋军民，都已十分清楚，只要镇守住严州，浙西腹地就能稳定，包括临安在内的钱塘江流域也能守住。“严州不守，临安必危”由此成了有名的军事警策之语，严州的军事战略地位由此得以彰显。

对于严州军事战略地位的重要性，顾祖禹有着诸多精辟的论述。他曾详细地分析总结道：“府山川宏伟，水陆险巇。据临安之上游，当衢、歙之冲要。宋方腊倡乱于睦州，而杭、歙诸郡，皆不能固。长江以南，举岌岌焉。元人既平江南，以董文炳驻守临安。既而衢、婺诸州，皆复起义兵应宋。文炳策之曰：严州不守，临安必危，亟使唆都往镇之。于是诸州之兵，相继败散。明初规取浙右，先下严州，以重兵戍之。敌之喉吭，既为我得，由是拓土开疆，芟除桀黠，岂不以地利乎哉？”（《读史方舆纪要》卷九〇）

在这段话中，顾祖禹先阐述了严州府城所处位置，其地貌地势为高山大川汇聚之所，颇为险要。严州扼徽、浙两省之要冲，方腊就是以严州为凭仗，睦州一旦落入其手，周边各州便都不能稳固，连长江以南都

◇固若金汤的严州古城墙（梅城镇政府提供）

会岌岌可危。元、明两朝都是在最初掌握住了严州，才得以控制周边的州县。在叙述了董文炳派副将唆都领兵攻下严州这一实例后，顾祖禹再次强调说，只有扼住敌方的咽喉，由我方控制这些关隘，才能实现开疆拓土的目标，扫除凶悍狡黠的敌人。

元末，已拥有强大兵力的朱元璋据守集庆（今南京）为大本营，以江南一带为根据地，进而平定东南，进取全国。他率主力部队，经皖南，取徽、严两州，攻克金华，与割据武装陈友谅、张士诚的军队缠斗，同时派他最得力的大将之一李文忠镇守严州，并在严州暂设浙江行省，控制浙江广阔地区。可以想见，此时的严州，在浙江，其军事、政治地位仅次于杭州。

朱元璋把严州交给李文忠，并不只是让他保住严州就行，而是希望他以严州为据点，利用严州地理优势，以此为中心，沿钱塘江流域向南、向东扩展，逐步控制包括安徽、浙江在内的东南沿海地区。由此可见，元明时期，严州一地的军事战略地位是何等的重要。

这里又得从作战谋略入手，说说李文忠。元至正十八年（1358）三月，李文忠会集邓愈、胡大海的兵力，由皖南出昱岭关下淳安，攻克建德路。不久，李文忠改建德路为严州府，朱元璋任命他为帐前总制亲兵都指挥使，这一职务相当于军政一把手，率兵镇守严州。当时严州府城屡遭战火，城墙多有残破，即便最强的守备也难以补上漏洞。驻守杭州的苗军元帅杨完者率兵沿水路经七里泷西袭，在陆路翻越乌龙岭，从背后攻打严州府城。李文忠集中兵力，在乌龙岭击破元军。元军从水陆两路退兵逃遁。

次年三月，张士诚派兵来攻打严州，在严州东门集结兵力。李文忠率兵守住东门，同时派兵从城北小北门出，往东翻过鲍婆岭，由碧溪坞绕到敌兵之后，大破之。过后，张士诚再次来犯，李文忠派部将何世明率兵翻乌龙岭，出胥口，溯流至大浪往上夹击，又大败之。从此之后，吴兵（张士诚自称吴王）再也不敢进犯。

李文忠在严州执政九年期间，还赶赴婺州，擒获杀害大将胡大海的叛将，平定婺、衢、处三地叛乱，并两救诸暨，击败张士诚部三十万大军。李文忠之所以能屡战屡胜，既与他的骁勇善战有关，也与严州城拥有坚固的城池分不开。严州城的一方安宁，对明时浙中地区的长期稳定发挥了很大作用。

不过，到了19世纪中叶，严州府城最重要的战事，当为太平军与清军的拉锯战，严州城遭受巨大破坏。

清咸丰八年（1858）五月十六日，太平军石达开率兵十万，进军浙江，攻占严州府寿昌县。在此前后，太平军李秀成部、谭世得部等率兵多次进攻严州府淳安、分水、昌化、遂安等地，清军反扑，互有折损。咸丰十年（1860）九月初七，太平天国侍王李世贤率兵十余万占领徽州后，沿新安江东下，攻入严州城，与清军展开巷战。清军严州协镇副将封九贵战死，后清军提督张玉良率兵来救，太平军从大西门退出。

咸丰十一年（1861）六月九日，太平军攻克严州，第三日主动退出。七月十九日，太平军李世贤派部将谭星由罗桐埠（今新安江）绕道攻打兰溪县，顺兰江而下，再次攻克严州城，严州知府李文瀛逃至七里泷严子陵钓鱼台投江自杀。清军副将罗大春率兵前来救援，驻守在南岸，深夜从南峰渡江至江北，从小路登乌龙山，在乌龙山遍插旗帜作疑兵。太平军不知虚实，恐腹背受敌，自动退出严州城。当年九月初，李世贤部自浦江再攻严州，击溃清军，清军提督罗大春负伤而逃。二十日，太平军黄呈忠率兵，与李世贤部合力攻占严州城。是年冬天，太平军与清军在富春江展开激烈水战，大获全胜。此后，李秀成从衢州经淳安、遂安到严州，并与李世贤及太平军诸将领在严州召开军事会议，决定以金华、严州一带为据点，派谭富镇守严州，然后向浙江全省进军。

战火越烧越旺，在不到半年的时间里，太平军几乎攻占浙江全境。朝廷大惊，接连下令钦差大臣、两江总督曾国藩节制浙江全省军务，并令江苏、安徽、江西、浙江巡抚及提镇以下各官悉归节制。

同治元年（1862）正月，曾国藩上奏："欲复杭省，必由徽州以攻严州，而后有进兵之路。现饬粮台筹拨饷糈、军火，并于玉山设立转运局，源源接济衢防兵勇。至进攻严州，则专赖左宗棠一军，必先扫清歙县、婺源之零股，攻克开化、遂安之坚城，乃能达于严郡。"曾国藩此言，把严州的军事战略地位提升到极高的高度，而曾国藩把浙江战事交给名将左宗棠指挥，浙江省提镇以下统归左宗棠调遣，也说明了他对包括严州在内的浙江战事的极大重视。

很快，左宗棠率领湘军由江西婺源进入浙江，同治元年二月在遂安县重创太平军李世贤部。不久，曾国藩部署十路大军，包围了太平天国天京（今南京），并发起全面攻势。李世贤接到洪秀全命令后，即从金华、兰溪、严州等地抽调十万大军，与其他各部会师遂安，企图拔除左宗棠在浙江的主力，以救天京，而左宗棠急令麾下各部转回遂安，双方呈对峙态势。十月，天京告急，洪秀全又令李秀成速救天京。李秀成遂联合李世贤等十三王的军队一起驰援天京。

因太平军精锐部队已赴援天京，留在浙江的太平军力量相对薄弱，左宗棠乘机组织反攻。令魏喻义率兵两千余人，攻破太平军在严州洋溪的关卡，魏喻义部又联合地方绅团攻破严州北路三卡。十一月初八，驻扎在严州城的太平军将领谭富联合桐庐、浦江的太平军万余人攻打铜官(今建德岭后)。太平军内线王春、黄会文等事先向清军告密，魏喻义获知情报后率部来到洋溪，分路潜伏在钟岭脚，对太平军先头部队予以伏击。谭富不得不率兵退入严州城。

十三日傍晚，魏喻义率兵从洋溪出发，兵分水陆两路。夜半潜抵严州城西、北两门，竖立云梯。号炮一响，各兵勇同时攻城。魏喻义下令巷战，太平军伤亡惨重，一时间血流成河，尸横遍野。传说梅城半道红地名由此而来。谭富被迫下令撤离，向浦江转移，途中又被清军追杀了千余人。严州城复归清朝统治。

以严州为中心，自同治二年（1863）二月起，清军以水陆两路相继攻下桐庐、富阳、杭州，以及淳安、遂安、汤溪、龙游、兰溪、金华等地，浙江大部得以收复。左宗棠率军屯驻严州城，东西策应。同治三年（1864）正月起，天京被清军包围，太平军颓势明显。六月，清军攻占天京。八月初，太平军洪仁玕与幼王等自昌化翻越昱岭入淳安威坪，清总兵刘松山、提督黄少春等率兵前来围剿，太平军战败，取道开化向江西方向转移。太平军在严州一带的活动到此为止。

太平军占据严州一带达五年之久，尤其是四次攻占严州府城，在城内与清军进行拉锯式战斗，严州府城连遭战火，破坏严重。可以说，每次在严州发生争战，城中商铺、民房均被损毁，百姓死伤无数，流离失所。严州府城元气大伤。战事过后，市面萧条，原先衙前繁华的字民路冷落成偏街。光绪十六年（1890），李士彬出任严州知府，他来到这里，眼前所见，仍是一片战后荒芜的景象："层峦叠嶂，弥望尚皆童山，里罕炊烟，田野荒秽，阛阓以内，市肆亦寥落如晨星。所见前代破坊及焚后断垣，与城上梅花女墙相向，兀立于荒山之麓。遗黎偶有兴作，举锸见白骨。噫嘻，乱定垂二十年，凋残尚复如是。"（光绪《建德县志序》）因为战祸，土著居民或死或逃，人口锐减，致使后来很难找到祖居之民，不得不从上游徽、衢、婺等州迁入大量人口，他们成为这里的新居民。

第四节　江左繁雄郡，堪为浙西商贸文化中心

"千车辚辚，百帆隐隐"，这是对当年严州商埠文化的形象描述。严州是徽商奔赴江浙一带的必经之路，加之物产丰饶，便顺理成章地成了商贾云集之地。成为"京畿之地"后，受都城临安影响，严州的文化事业也得到了极大发展。

"三江繁华驿，千年严州府"，这句话形象概括了古代严州商贸的发达状态。北宋后期开始，曾是偏远州郡的严州渐显繁盛。南宋定都临安

以后，全国的经济重心南移，与都城相距不远的严州，其水运、物产等方面的优势逐渐显露出来，成为一座人口众多、物流发达、商贸繁华的经济重镇。到了明清时期，严州经济发展更为稳定，徽商又极大地带动了严州经济发展，使严州成为经济仅次于省会杭州的城市。

文史专家朱睦卿曾在其专著《严州府城梅城》中，描述了南宋以来，作为商贸之地的严州的繁华景象。南宋定都临安，杭州成为政治中心，江南的开发步伐逐渐加快。严州高踞临安上游，成为“京畿之地”，进出朝廷的官员，供应京城的物资，以及奔赴京城读书赶考的学生举子，从事商贸活动的生意人，无不要假道严州这个三江大码头，其人流、物流之繁忙可想而知。据刻印于南宋淳熙年间的《严州图经》记载，严州坊巷辏密，有关金融商贸的管理机构就有东津税务、都商税务、神泉监等；城中甚至修建了招商神祠（据景定《严州续志》）。“轲峨商客艑，嘈囋酒家楼。”（宋·陆游《郡斋偶书》）“隔江三千家，一抹烟霭间。”（元·方回《八月十五日二十日两至南山饮潇洒亭》）严州隐隐然已成为一个“江左繁雄郡”（宋·陆游《严州大阅》）了。

值得一说的是，北宋时的睦州，还是重要的铜钱铸造之地。熙宁七年（1074），神宗下诏在睦州置神泉监。“泉与钱，今古异名”（《周礼·地官·泉府》），监与府同级，毕竟铸钱之事为国家行为。神泉监设在睦州望云门（东门）外，岁铸钱15万缗（1缗为1000文）。据载，当时只有睦州神泉监所铸铜钱直送首都，供朝廷王宫及在朝官吏使用，可知神泉监铸钱质量精良，得到了官方的认可。仁宗嘉祐年间，睦州知州赵抃的弟弟赵拊任睦州神泉监监当官（即负责人），因政绩突出，任期届满后得到补官升迁。赵抃闻之十分高兴，特意写诗一首表示祝贺：“三载神泉绩大成，交章使者荐能名。朝廷方且求人切，未可图闲学老兄。”（《送五弟得替赴阙》）

无疑，连如此重要的神泉监都设在这里，足可见睦州（严州）一地经济地位之重要，也可证实当时这里商贸活动之活跃。事实上，明清两朝，除了战乱时期，严州一直是浙西最重要的商贸之地和经济中心，拥有特殊的地位。在浙江十一州府排名中，严州始终排在第二位，仅次于杭州。直到晚清之前一直如此。

睦州（严州）成为浙西商贸中心，与杭州的发展密切相关，尤其是在明清时期，大批徽商在严州与杭州之间进行商贸活动，起到了不可忽视的推动作用。其时，交通和物流主要依靠水路，徽商就是沿新安江东下，先在严州歇脚，从事商贸活动，再从这里出发奔赴江浙各地，杭州往往是他们从严州出发后的第一站。加之严州物产丰饶，这里顺理成章地成了商贾云集之地。

“千车辚辚，百帆隐隐”，这是对当年严州商埠文化的一句形象描述。可以想见，昔时的严州府城，来自上游的货船密匝地停泊于江边码头，码头周边及各主要大街上店铺挤挤挨挨，街道上人流车流不息，而各家商号、客栈里店幌高挂，丝竹之声则从巷弄深处悠悠地传来。徽商以经营茶叶、生漆、生丝、绸缎、棉布、服装等为主，都是些大买卖，营业额大，利润也丰厚。作为徽商进入浙江后的首商之地，他们习惯于在严州囤积货物，在此设立中转站，同时开设各类商号。而从浙江各地采购所得的货物，比如来自杭嘉湖地区的生丝、绸缎等，往往也汇聚存储于此，适时再运回安徽各地。有了大宗商品的进出，严州的商贸枢纽地位在相当长的时期内极为稳固。

当然，昔时活跃在严州府城内的商帮，不止有徽州帮，还有金华帮、宁（波）绍（兴）帮和本地帮，另外还有江西帮和龙游帮等。金华帮大多经营烟、糖、油以及从事手工业，宁绍帮以经营南北杂货、茶食糕点、酒盐酱醋等为主，严州本地人则主要做些水果、小吃、猪肉等副食品的买卖。各路商帮带来了不同的商品，使得严州的商贸品种颇为齐全，这也吸引来更多的商人。

商帮是以乡土亲缘为纽带、从事商品经济活动的民间社会集团。商帮一经成立，往往在重要的商贸活动之地拥有会馆等办事机构和标志性建筑，用于商帮内部人员的办公，商议大事。会馆也为来此地办事的同乡商人提供各种方便。在明清两朝的严州府城，这样的会馆还为数不少，如徽州会馆、江西会馆、绍兴会馆、金华会馆等。如今的西门后街，原严州师范学校附属小学西侧，还有一个遂安会馆的门面仍然屹立。商帮会馆众多，也印证了昔日严州商贸的繁华。

据朱睦卿考证，清末民初，严州城内著名的商号有其昌酱园、胡亨茂杂货店、孙春阳南货店、陈大昌米店、九德堂药店等，另有茶庄、炭行、轿行、油坊、染坊（印花作坊）、糖坊、布庄、蜡烛淘（香烛纸马店）、烟店、灯笼店、雨伞店、成衣店（裁缝铺）、碗店（陶瓷店）等，各类店铺林立于各条大街。除了城里的商业街外，澄清门城外的沿江一

◇秀丽的江景（梅城镇政府提供）

带也形成了一条热闹的街道黄浦街。

澄清门外沿江原先有条道路，以方便纤夫和来往行人。因地势低被洪水冲坍，城墙直接遭受新安江风浪的冲击，有坍塌之险。明成化十一年（1475），知府朱皚招募船工运石筑江堤以防水患，东抵兴仁门，西抵税课司，为堤三级，广逾四丈，袤数百丈，此堤被称为南堤。后因往来船只都要在此停泊登岸，变得热闹起来。先是船户在此聚集，后来是与船运有关的手艺人以及为此服务的店家，逐渐在此搭棚建屋，日渐发展，到万历年间，形成了一条以修船和制作船用器具为主的服务性商业街，即为黄浦街。

黄浦街原名黄婆街。这里不远处即是旧时严州城区十二庄之一黄婆庄所在地，古称黄婆廛，因有一位黄姓老婆婆在此纺织而得名。至明万历年间，黄浦街已经发展成为热闹的街市。“出南门外沿城而下则为下黄浦，沿城而上则为上黄浦。有前后两街。惟是徽人杂处，生意凑集，亦称闹市”（万历《续修严州府志》）。黄浦街上有船具店（篙橹店）、纤绳店、铁钉店、棕绳棕衣店、竹器店、箍桶店，以及为手艺人和船员、旅客服务的茶馆、酒店等。整条黄浦街就是一个大作坊、一个开放式的工厂车间。因为晚上也常常有航船起航或到达，黄浦街的商业活动通宵达旦，是一条不夜之街，是旧时梅城最热闹的地方。在这里活动的大多是手艺人和撑船佬，他们生活在社会的最底层，使得这里的生活充满着活力和野性。

黄浦街上的商贸活动虽然颇为活跃，但因临水而建、地势又低，上游发大水时免不了被淹，最多时一年可以淹上七八次，旧时即有“黄浦街不涨大水，黄狗都可以讨老婆”的民谚。因此，黄浦街上的店铺大多是木板搭架的简易房屋，哪怕被大水冲走了也能很快恢复。

如今黄浦街依旧在。小城镇改造过程中得以修葺的黄浦街，外表上恢复了原有的以木结构建筑为主的街道旧貌，各类店铺也重新入驻。尽管眼下入驻的商铺大多以经营书画、收藏、手工艺、地方非遗产品等为主，这可能与目前黄浦街的商业文化定位有关，但仍可以感受到这里独有的码头文化、传统商贸文化气息，仍可以感觉出昔时这里的繁华。这当然是后话了。

出大南门（澄清门），有一方形街口，东西两侧皆有石级往下，往西即上黄浦，往东为大南门码头，即下黄浦。这方形的街心被称为棋盘街。从棋盘街到大南门码头尚有一段不长的街面，也统称为棋盘街。这里是当年各地旅客上岸进城的必经之路，商铺毗连，店家密布，布匹杂货，茶楼酒肆，目不暇接。大南门码头是梅城也是整个严州最大的码头，号称“严州第一码头”，是严州和梅城的门面和窗口。五州八县的商船都在此停泊过夜，旅客们纷纷上岸，或观光，或购物，或寻亲访友，热闹非凡。码头边更是布满茶楼酒肆、饭店浴室，著名的“严江第一楼”就建于此。

严州的日趋繁盛，尤其是成为“京畿之地”后，受都城临安影响，严州的文化事业得到了极大的发展。在此特别需要一记的是，南宋孝宗乾道五年（1169），抗金名将张浚之子、理学宗师张栻出任严州知州，恰好大学者吕祖谦也在严州任儒学教授，另一位理学大师朱熹受邀来访，“东南三贤”齐聚严州，留下一段严州文化史上的佳话。

严州的刻本业正是严州文化兴盛的一个缩影。严州素有刻书传统，最早可上溯到唐代。编印于北宋初年的《太平御览》和《太平寰宇记》等书中，已有唐代睦州编印图经的记载。盛唐至五代十国战乱之后，经济重心南移，文化重心也逐渐南移，及至两宋，严州成为善本书的重要产地之一，其刻本世称“严州本”，为宋刻本中的上品。据不完全统计，仅古严州初刻（第一个问世的版本），就有30多个，计有1000多卷。严州刻本的特点是“墨黑如漆，字大如钱”，以校雠精良、刻印精细而闻名，在中国刻本历史上占据了非常突出和重要的地位。

众所周知，刻本业是一项综合性的文化产业。要让这一产业正常运行，必须有一大批文化人、手艺人、商人参与其中，其中包括著作者、编辑人员、缮抄手、刻版艺人、运销商以及运输的车船乃至为之服务的车夫、水手等，构成一个庞大的产业链。而从严州卷帙浩繁的多卷本图书的刻印中，可以得悉当年严州文人云集、学者翕从、书铺林立、书版山积、书籍外运的盛况。

那么，现存的严州刻本著名版本还有哪些？在此可做一个简单介绍。

《艺文类聚》100卷，唐代书法家欧阳询等主持编撰，刻印于南宋绍兴年间。这是一部百科全书式的类书，是存世的唯一北宋时期刻本，为国内编纂较早而又完整保存至今的大型书籍之一，现藏于上海图书馆。这些刻本一般一块刻版14行，每行27字，相对当时其他版本，字体显得小一点。在当时，《艺文类聚》仅雕刻的木板就有1800多块，工程量十分浩大。

《通鉴纪事本末》42卷，为南宋理学家袁枢所撰。公元1171年，袁枢出任严州，1173年完成《通鉴纪事本末》一书，并于1175年在严州刻印问世。著名诗人、学者杨万里曾途经严州，袁枢将《通鉴纪事本末》书稿给他看，杨万里读后评价很高，并欣然为之作序，认为此书是治国治学者必读之书。宋孝宗读后也赞曰：“治道尽在是矣。”要求皇太子及文武大臣“熟读以求治道”。这一刻本现存于北京国家图书馆，是该馆的镇馆之宝。《通鉴纪事本末》严州刻本世称严州本，因书法精良（以颜、柳体为主）、刻工精细而闻名于世，是中国古代刻本的典范之作。据考证，这部书仅在严州就刻印了四次，这在古书刊刻史上是很少见的。它还开创了一种新的史书体裁——纪事本末体，与编年体、纪传体共同构成了中国传统史书的三大体裁，在中国史学史上有着深远影响。

《礼记集说》160卷，由严州知州卫湜所刻。他花了二十几年，搜集了144家《礼记》注疏，汇编而成。许多已经失传的古籍赖此书得以流传，被誉为“礼家之渊海”。该书初刻于江东曹院，再刻于严州，是为定本。历尽艰辛，最后刊印于世。

《剑南诗稿》是陆游创作的诗词集，共85卷，收录诗词9344首，抗金与收复失地是诗集的主旋律。为了纪念在四川前线的那段抗金生涯，他把诗集命名为“剑南”（四川在唐代时属剑南道管辖）。陆游的诗词创作量十分惊人，在严州任知州时数量已超万首。在严州任职后，他对作品进行了严格筛选，仅保留了2500首，编为20卷，取名《新刊剑南诗稿》，陆游主持刻印，建德知县眉山苏林编次，城都酒务括苍郑师尹作序。

《南史》80卷，唐代史学家李延寿撰，陆游任职严州时亲自主持刻印。《南史》讲述南朝宋、齐、梁、陈四朝历史，删繁就简，较旧史简明。

青柯亭本《聊斋志异》，清代严州知府赵起杲所刻，是青柯亭本的第一个刻本，也是最接近原著的版本，其历史影响不言而喻。作者为清代志怪体小说家蒲松龄，他的作品构思奇妙、故事奇谲，语言生动，受人喜爱。蒲松龄也想刻印此书，无奈一生境况窘迫，无力实现。乾隆三十年（1765），赵起杲任严州知府，他平生喜读《聊斋》，四处搜索各种抄本，互相校勘，于乾隆三十一年（1766）刻印了《聊斋志异》，并以府衙中的青柯亭来命名。

《唐诗三百首注疏》1卷，此书由清代严州文人章燮作注并刻印，是第一部为《唐诗三百首》作注解的书，极大方便了读者，尤其是初学者。《注疏》中引用历代60家注家的解释，引用各种典籍230余种、诗文80家。问世100多年来，不断被翻印，影响深远。

《老学庵笔记》10卷，由宋代诗人陆游编纂。“老学庵”为陆游晚年归居故里山阴所筑书屋之名。该书所记多为遗闻逸事，亦考订诗文，其中有不少关于严州的史料，可补正史之不足。《老学庵笔记》为初刻本，也是宋代唯一刻本，十分珍贵。

《严州图经》3卷，南宋绍兴九年（1139）严州知州董弅撰，已佚。淳熙十三年（1186）由陈公亮、刘文富重修，今存卷一至卷三。《严州图经》又称《新定志》，是早期的地方志，唐代睦州就有编印图经的记载。绍兴《严州图经》是浙江省现有方志中继乾道《临安志》后最早的

◇浙西唐诗之路的美妙意境（张军摄）

古本，也是中国现存最早的一部刊有地图的图经，在方志发展史和书籍刊刻史上有着重要的地位。

《严陵集》9卷，董弅编刻，刻印于南宋绍兴九年（1139），实为严州方志的艺文卷。董弅在编修完《新定志》之后，“得逸文甚多”，郡人喻彦先又出示家中藏书，州学教授沈君�与诸生“广求备录”，陆续搜集到不少本地的诗文素材，“整比而详释”，汇编成此书。前六卷为诗赋，后三卷为各类碑记散文。《四库全书总目提要》认为该书收入许多未出集子的宋人作品，“知名而不见其集者，借是编尚存更改。是亦谈艺者所资也”，由此可见该书的价值。

从包括上述刻本在内的大量刻本内容中，能更加了解昔时严州文化兴盛的景象。严州文化的内容当然不只有严州刻本，它包含史学、文学、宗教哲学、伦理道德、政治经济、戏曲风俗、商帮水运、方志方言、刻本印刷、铸币冶炼、军事战争、建筑风水等几十个门类，是经过数千年历史发展所形成的一种带有严州地域标识的文化现象和文化系统。

长期频繁的商旅来往，使徽、严二州各自形成了一个文化区。民俗学家吕洪年曾提出“严学”的概念。他认为，浙江的严州和安徽的徽州，不仅地域毗连，而且文化互动，互为源流，是天然合理的两种文化现象。而中国地理语言学权威、浙江师范大学教授曹志耘认为，严州是独立于吴、越、徽三种地域文化之外的又一个文化片区，值得人们去好好地发掘与研究。

的确，全面认识和深入研究严州文化，对于这座古城的保护、改造和开发，将起到不可忽略的重要作用。而严州古城深厚的历史文化底蕴，决定了对它的修复、保护和改造有着更高的要求、更严的标准。一旦成功，其意义将非同小可。

第二章

赓续历史文脉，拓展复兴空间

第一节　重现古严州昔日繁华势在必行

历经时光磨砺，尤其是遭遇战乱、自然灾害和“建设性破坏”，千年古城变得衰败破落、色彩黯淡。因为缺乏规划，密密麻麻的房子建造得毫无章法，车流人流往往混杂在一起，还存在着乱、挤、脏的现象。实施古城保护工程已迫在眉睫。

重现古严州昔日的繁华，这是当今梅城人的心愿，也是无数关心、爱护这座古城的各界人士的热切期盼。进入21世纪以来，尤其是在全面建成小康社会的进程中，恢复、保护、开发、发展严州古城已迫在眉睫。

严州古城保护与开发已酝酿多年。2000年以后，结合新农村建设、美丽城镇建设、“千村示范、万村整治”工程、杭州市“拥江发展”战略的实施，严州古城的保护、改造和开发工作逐步展开，向前推进。

二十多年过去了，严州古城发生了翻天覆地的变化。缓缓流淌的新安江好似一条碧绿的腰带，缠绕在锦峰秀岭、粉墙黛瓦之间。东西两湖水质清澈，草树成荫。梅花城墙依江蜿蜒，古朴街衢呈井字形展开，各式传统特产和时尚美食应有尽有。仿佛每个街角巷尾都有人文景点，让人流连忘返……一座千年古府已经重新焕发生机。

千年古城历经时光磨砺，一次次遭遇摧兰折玉，免不了变得衰败破落、色彩黯淡。

武则天称帝之后，由建德县治升格为睦州州治，这里作为经济、交通、军事、政治区域中心的位置一下子凸显了，睦州进入了一个重要的发展期。南宋之后，严州成为“京畿之地”，促进了商贸、文化、教育、城市建设等领域的极大进步，是严州发展最好最快的时候。然而，元明清三代，尽管严州作为浙江第二州府的地位基本未变，但严州府城不断受到损毁和破坏，古城面貌萧条衰败，大量文化遗存也遭毁弃。人为及自然的糟蹋使得古城面貌经常性地显出惨淡凄然。

自然的侵蚀损毁现象不可忽视。严州古城背负乌龙山，面临新安江，城池亦处低缓处，山、城、水相依过于紧凑。雨天时山体水流侵蚀城池十分常见，新安江素来险恶，洪水时常暴发，倒灌城池的现象十分常见。千百年来，自然因素对严州（睦州）古城的破坏无疑是巨大的。

战乱对古城的破坏同样不可忽略。前文提到的清咸丰年间，太平军与清军在严州反复拉锯，严州府城的地面建筑在四次争夺战中悉数被毁。为了守城或攻城，双方对城垣和城内建筑进行了难以避免的破坏。可以说，战乱之后，严州一地成了“一片白地”，现今留存下来的古建筑均为清后期重建。

1916年春，金华道严州府知事夏曰璈以堞楼失修、维护费用昂贵为由，命令拆除。严州民众再三请求保留。后澄清门、福运门两座城楼准予保留，集资修缮，但多段城垣仍被拆去，殊为可惜。

抗战时期的严州古城，所遭受的破坏也是极其严重的。

1937年12月，日本侵略军侵占杭州，浙江形势日趋危急。1938

◇珍贵的古城墙需要精心保护（梅城镇政府提供）

年，浙江省国民抗敌自卫团总司令部制定《重要县城实施拆除城墙之规定办法》，提出为便利城郊交通及发展市区需要，拆除全省16座重要城墙，并要求各县在收到此《办法》之日起一个月内完成，严州古城也在拆除之列。其时，日机时常空袭时为建德县城的严州古城，老百姓不得不“逃警报”“逃飞机”。此时，窄小的城门洞和城墙已成逃生的障碍，民众也有呼声。

鉴于以上两大原因，建德县政府召开拆城筹备会议，成立建德县拆城委员会，并于12月6日通过《建德县征工拆城办法》，组织拆城人力。拆城行动从1938年12月20日上午8时起，城墙的东段、西段和北段大部分被拆除。城中百姓认为南城墙临近江水，即使拆了也无处可以疏散，这段墙还有防洪的用处，因此留了下来。至1940年10月，除了南城墙以外的古城城垣基本拆除完毕。这次行动，使严州古城城垣遭到了毁灭性的破坏。显然，拆毁城墙是不得已而为之，失去城墙的这笔“债”当然应该算在日军头上。

人们对城墙颇为留恋，毕竟它们已在这里矗立上千年了。正是为了保存梅花城的记忆，“毁城留名”，原来的建德县城关镇遂改称“梅城镇”，“梅城”由此正式成为行政区划的名称。

1942年4月30日，日军大本营对侵华日军下达“尽快开始浙赣作战”命令，在浙日军先后发起对金华方向的进攻，其中在富阳的日军两个师团于当年5月17日出动，向严州方向进犯。23日，日军7架飞机飞过乌龙山，向澄清门俯冲射击，澄清门城墙被毁。日机飞过码头上空，去南峰塔、东关再转回府城，在东门街投下硫黄弹，王家祠堂、电话局、酒坊等先后被炸烧毁。在与国民党军交火后，日军32师团约1000人渡江攻入梅城镇，在此建立警备司令部。严州古城沦陷。

日军在梅城没有占据多久，因为国民党军对梅城的围攻没有停止过。7月19日，日军溃败退出。至此，梅城沦陷敌手共58天。

日军虽无奈撤出，但对严州古城的破坏却没有中止。据记载，当年的8月11日、12日、13日，日军飞机连续轰炸梅城，其中8月11日、12日两天，日机先后出动10余架次，向古城投下了50余枚炸弹和6枚燃烧弹，整座古城的主要商业繁华地带，包括巷口四沿、半道红北段及西门街等均遭受轰炸，共计1700余间店房被炸被焚，20余人被炸死或受重伤，轻伤不计其数。县医院、发电厂、榨油厂、碾米厂、纺织厂等设施被炸毁，古城损毁严重。

新中国成立后，严州古城不少建筑得以恢复，但1958年8月开始建设富春江水电站，时为建德专区治所所在地的梅城恰在水库库区内。应库区蓄水所需，从1961年元月起，梅城防洪大坝施工，澄清门、福运门外的黄浦街、棋盘街开始拆除。1962年，因国民经济建设计划调整，富春江水电站下马停建，已拆去街区的大坝建设工程也暂停。1965年富春江水电站重建后，次年，梅城大坝恢复施工，澄清门、福运门城楼也被拆除，原城墙处改建成了防洪大坝，澄清门、福运门用大石块封闭。显然，这一轮的拆街毁楼尽管是应建设所需，但对古城城垣的破坏颇为严重。

1966年开始的“文革”，又给古城带来了毁灭性的打击。不少历史文化遗存遭到无法弥补的损毁，如教场坊、清朝耳目坊、宣灵庙等。

而在近几十年来的梅城城镇发展过程中，各类历史文化遗存又遭到了“建设性破坏”。所谓“建设性破坏”，是指为了提高生产和生活水平，对包括古建筑物在内的各类历史文化遗存的占据、改造、拆除等行为。如著名的严州乌龙王庙，20世纪中叶庙尚完整，1969年在该庙建新安江电子管厂，占庙为仓，拆大殿建厂房，庙遂毁。胡公庙（金华会馆）、文公庙（徽州会馆）都在筑护城大坝时被拆除。

新中国成立之初，曾经按照“居者有其屋”的原则，对住户多余的房屋进行征收，然后按照人均居住面积进行再分配，包括一些店面房。梅城镇范围内的不少住户就是这样获得住房并继承下来的。几十年来，由于时间的推移、人口的变化，往往一座大杂院已变得摇摇欲坠，但里面住满了人，产权也很复杂，而基础设施早已跟不上形势。这样的住房状况在改造前，长时间未能得到改善。

改革开放以来，人民生活水平普遍提高，改善古城居民居住条件的工作也在推进中，但在这一过程中，有关民居建改的部分政策出现偏差，在缺乏文物保护、缺乏有效行政监管和相应技术指导的情况下，在古建筑群中建造厂房、住宅及任由居民自行修缮房屋，搭建违章建筑，致使大量的传统建筑遭到破坏，居住环境也日益恶劣。严州古城核心区违法建筑随处可见，厂房和住宅互相交错。“不仅汽车开不进来，有些狭窄小路人都要侧身贴着墙走。”居民钱敏回忆童年，“小时候还需要去倒马桶。”

总府社区位于梅城镇东北，属于大型居住区，辖区内还有严州中学、建德二院等教育、卫生单位，曾是梅城较繁华的区域。但这里有着大量老旧危房，也存在居住区和厂房混杂的现象，居民的居住条件非常差，可以说是当年梅城旧城“老破小”现象的缩影。

“住在这里的居民们，主要被三个问题困扰：首先是老旧危房居多，大多数居民房都建于20世纪七八十年代，居住条件很差，阴暗潮湿，地板等木质结构腐蚀严重，有的居民家甚至还在用公共卫生间，‘拎桶上厕所’；其次是社区内企业混杂，有不少厂房，居民们在家里，能清晰听到厂房里机床工作的声音，非常嘈杂，卫生也难搞；还有就是道路亟待整修，原有的道路既窄又旧，坑坑洼洼，出行很不方便。”总府社区居民王炜回忆昔时此地景象。

由于旧城改造欠账过多，在实施小城镇建设和严州古城恢复工程之前，有关部门起初估测，需要征收旧房的被征收户大约为1500户，后来发现这个数目根本打不住，毕竟征收标准是一样的，不能厚此薄彼。结果，调整统计之后发现，被征收户的数量不断扩大，最后达到了3500户。要知道整个梅城镇老城区，总户数才8000户左右，被征收户的数量竟接近总户数的一半，可见旧城改造的工程量之大。

的确，古城的衰落损毁，旧城改造的欠账增多，与行政区划调整，城镇功能变化，城镇交通、经济地位降低，集聚人口相对减少等因素直接有关。昔日严州古城的繁华与它的交通枢纽地位有关，地处三江汇合之处，水运发达，又是徽商入浙后的第一站，商贸历来繁盛，但在进入现代交通时代之后，水运的地位让给了公路和铁路运输，严州以及后来的建德县治反而成为一处交通并不畅达的角落，先前的区位优势丧失殆尽。

1959年2月，建德专区撤销，建德、淳安、桐庐、开化四县划属金华专区。至此，严州（建德）作为一个州府（专区）治所的历史终告结束，降格为县治。次年8月，为了顺应新安江水电站的建设和发展，建德县委、县政府自梅城镇迁移至更靠近新安江水电站大坝和发电站的白沙镇，由此，严州（建德）又从先前的县治，降格为一个建制镇。由州府（专区）治所一路“连降两级”，成为普通的镇，区域行政地位一下子下降了。无疑，交通枢纽地位和区域行政地位的急遽下降，不仅会带来市面的冷清、人气的降低，而且也会使得各类历史文化遗存得不到正常的维护而倾圮、损毁。

据不完全统计，至2014年严州古城保护示范街项目工程启动之时，近代以来严州古城的文物消失量占资源总量的90%以上（指可移动文物及民间藏品），原始遗迹破坏和消亡率近100%，数十座历代名贤墓葬，60多座历朝碑刻、20多座石牌坊先后毁圮，今荡然无存，几乎毁掉了一处重要的历史文化遗产。

至2014年，千年古城现存的历史文化遗迹，除了格局大体保留的街巷布置，建筑风格迥乎以往。据相关文献记载，严州古城城内原有34条街巷，南北、东西交错，保存下来较有名气且仍具弄堂风格的仅有10多条。古城明清民居建筑较为集中的街巷主要有正大街、三星街、东门街、市民路、府前街等，民国民居建筑多在总府街、西门后街、石板井头、府前街、北门街、东门街等，但不同时期的民居建筑混在一起，尤其是大量新建的现代建筑夹杂其中，景观已被严重破坏。修复改造之前，那些堆在老百姓院中残缺的石碑，散落在垃圾堆里的石柱、石条举目皆是，令人痛心疾首。

严州古城原先矗立着座座牌坊，是一座名副其实的“牌坊之城”。《严州图经》载，严州有阜俗坊、辑睦坊等19座牌坊，光绪《建德县志》载，当时有里仁坊、辑睦坊等122座牌坊，而据史料记载，最多时，严州古城拥有199座牌坊，其数量之巨令人惊叹。然而，历经自然侵蚀、战乱等，至1966年初，严州古城只剩下了十几座牌坊。“文革”之时，古城的石牌坊被视为“四旧”，竟被全部拆除，整座古城连一座牌坊都看不到了。

1993年，严州古城内以纪念宋代名臣、睦州知州范仲淹为主题的思范坊和以纪念三国东吴名将孙韶为主题的建德侯坊得以修复，它们便成了2014年严州古城保护工程启动之前，仅见的两座牌坊。

包括会馆建筑、祠堂建筑、宫庙建筑等在内的公共建筑中，至2014年，江西会馆、福建会馆、徽州会馆、绍兴会馆、金华会馆等八处会馆均已不存，古城中仅存的会馆只有位于城西小西门街的遂安会馆，初时仅建一座八字墙门及门内两侧厢房，后已为民居。祠堂建筑仅存位于市民路12号的范公祠，但也只剩第一进（原为五进），亦已为民

◇严州古城内的建德侯坊（王春涛摄）

居。宫庙建筑方面大多为近期修建，主要有乌龙山麓的玉泉寺、城北的灵应寺、城南的七郎庙和开元寺，而乌龙王庙和澄溪道院已成残垣败壁。

“除了各类古建筑等历史文化遗存的消失和破败，严州古城保护工程启动之前，整个梅城还存在着乱、挤、脏的现象。拥挤的街区，车流人流往往混杂在一起。因为缺乏规划，密密麻麻的房子建造得毫无章法。尤其是不少违章建筑，在各幢民居间大量存在着。内外交通、镇区卫生也很不理想。更重要的是，由于大量历史遗存被损毁、埋没，整个梅城镇区几乎没有一处像样的景区景点，这与严州古城的身份极不相称。”一名最早参与古城保护工程的工作人员回忆道。

“江山共开旷，云日相照媚。”（南朝宋・谢灵运《初往新安至桐庐口》）一场赓续传统文化、打开古城复兴空间的行动在三江之畔徐徐展开。

第二节　拉开建设帷幕，从研究严州文化开始

把古城的恢复、保护和利用摆上议事日程，成立严州文化研究会和古城保护开发项目领导小组，制订修复保护规划，重建思范坊和建德侯坊，实施梅城大坝改造提升工程，修复沿江城墙和澄清门、福运门，古城保护修复工作帷幕早已拉开。

党的十八大召开以来，围绕全面建成小康社会和深化改革开放的这一中心任务，深入贯彻落实科学发展观的基本要求，全面落实经济建设、政治建设、文化建设、社会建设、生态文明建设“五位一体”总体

布局，促进现代化建设各方面相协调，加快转变经济发展方式，加快推进社会主义现代化建设步伐，已成为这一历史时期的发展主题。

严州古城的恢复、保护、开发工作正是在这样的社会发展背景下全面展开的。

事实上，古城的恢复、保护和利用已酝酿多年。2008年底，建德市委副书记、市长洪庆华，与建德市人大常委会副主任苏旭升、建德市副市长叶万生（曾任梅城镇委书记）等领导，进行了一次小范围的研究，讨论如何让梅城这座古城重现光彩。

“改革开放以来，梅城在经济发展、社会进步方面的成绩还是不错的，在文化建设方面，1993年还修复了思范坊和建德侯坊，这是非常了不起的事，但在古城恢复、保护和利用方面还有不少文章可做。社会各界对梅城的印象是一座破烂的古城，一座没落的州府。几乎每个梅城人，以及所有了解梅城历史、知道梅城文化底蕴的人，都有让古城重新焕发生机、再度靓起来的期待。的确，千年古城不能再沉寂下去了。”时隔多年，严州文化研究会会长陈利群对当年的研究过程记忆犹新。

严州古城的保护和修复，主要面临的困难是投资的巨大、人才的匮乏以及文物遗存保护技术的欠缺等，而最关键的就是巨额的投资。毕竟是这么大的一座古城，需要保护、修复和开发的项目又是如此繁多，资金一旦未能持续到位，巨量的工程很可能半途而废，“进去了可能再也出不来”，这或许正是先前严州古城保护开发一直未能摆上议事日程的最大原因。显然，这些困难已被当时的决策者所感知，因此，在研究讨论过程中，保护开发工程的迫切性和可行性是两大重点。

尽管已充分知悉困难的巨大，但研究讨论的结果仍然是全力推进这项工程，并从文化保护研究入手。

文化先行，研究先行，这是一种非常及时、非常实际的做法，它从古城保护开发的基础或者说根本抓起，首先要弄清的是这座古城究竟有哪些重要的历史文化资源，究竟有哪些重点的保护开发目标和区域，究竟该沿着怎样的保护、修复和开发路子向前走。古城保护开发是一个精细活，重在保护，来不得半点盲目草率，否则就是一种破坏。

“不久，领导就找了我，要我为市委市政府的古城保护和修复提供文化研究咨询服务，为决策提供依据，承担组织工作。当时领导对我说，古城修复保护到哪里，你的历史文化研究咨询服务就先介入哪里，让领导和建设者心里有底，这就是你的新职责，你来不来？”陈利群回忆说，当时的他从建德报社总编辑和建德市文联主席位置上退下来，本想从容悠闲地写点东西、搞点研究，没想到新的任务又将落到肩头。

拗不过领导的再三安排，退下来刚三个月的陈利群接受了新的任务，组建筹备文化研究会，组织严州文化的研究，把严州古城保护和修复工作的头先开起来。“记得建德市政府为此形成了一份会议纪要，后来还下发了相关文件，明确成立严州古城保护开发项目领导小组，由市委副书记任组长。成立严州文化研究会，由我来牵头负责，主要目的是为古城修复保护提供咨询服务。”陈利群回忆。

2010年6月25日，严州文化研究会成立。曾是全国政协委员的新华社原副社长兼常务副总编辑马胜荣，严州文史专家赵惠峰，时任建德市委书记陈春雷，时任建德市市长洪庆华，以及来自国内20多家大学、研究所、政府机关以及媒体单位的30多位领导、专家出席了研究会成立仪式。

严州古城的修复保护不但是城镇建设方面的事，更是历史文化底蕴挖掘、传播和弘扬等方面的事，因此，严州文化研究会还专门聘请了一大批文化名流和著名乡贤参与其事。徐永清上将和人民日报社原社长、淳安籍著名人士邵华泽担任严州文化研究会名誉会长，人民日报社原副总编辑、散文家梁衡，新华社原副社长马胜荣担任高级顾问。首批会员就有200多人。

“这个文化研究会可不是一个只写点回忆性文章、徒有形式的组织，根据成立时市里和镇里的安排，它是蛮有‘权力’的，也就是说，在古城保护和修复过程中，它不但拥有建议权，也拥有否决权。认为不利于古城修复保护的，只要文化研究会提出来，工程就必须停下来。这个原则在很长时间里得到坚持。”陈利群还清楚地记得，时任梅城镇委书记项智东多次对他说，古城保护和修复的项目能不能上马，就听文化研究会的一句话，你们的工作可是很有价值的！

严州古城保护开发项目领导小组、严州文化研究会和严州书画院、严州摄影协会等各个组织相继成立后，很快着手开展工作。按照研究讨论后所制订的规划，应首先展开严州古城墙、古城内两条主要街道的修复，以及龙山书院、遂安会馆的修建。其中，严州古城墙的修复和保护更为迫切。

2009年7月，在原文物普查的基础上，建德市专门委托杭州市文物考古研究所，对严州明城墙进行考古挖掘，进一步做好古城墙保护的基础调查。经过考古挖掘和反复论证，严州古城墙的保护和修复，首先从梅城大坝改造提升工程开始。这已是2010年的盛夏了。

梅城大坝的改造提升工程是结合杭州市“三江两岸”生态景观保护与建设工程而实施的，旨在让“三江两岸”整体形成“一带一轴四区八组团”的空间结构，打造出一条山水秀美、生态宜居、城景交融的世界一流的风景廊道。“三江两岸”包括新安江、富春江、钱塘江及浦阳江、兰江、大源溪、分水江等主要支流，还包括三江沿线可视范围内，上游起于建德市新安江大坝，下游止于杭州经济开发区和大江东新城的区域。按照“三江两岸”生态景观保护与建设规划，梅城三江口无疑是个重要的节点。

沉寂多年的严州古城出现了蛰动，人们的目光投向这座似乎已被遗忘的江畔市镇。

梅城大坝改造提升工程一标段开工之际，正是每年天气最为炎热之时，但参加工程建设的人们积极性很高，从未因天气因素而停止或放缓施工。虽然这项工程颇有难度，工程量也比较大，但在众人的共同努力下，工程平稳推进，速度超过预期。这其中或许饱含着人们对尽快重现古城魅力的强烈愿望。

梅城大坝改造提升工程的总投资达到了1.6亿元，它既是一项防洪除险加固工程，能够抵御新安江上游百年一遇的汹涌来水，同时又是一项文化工程，是严州古城修复保护起步阶段的关键性项目。该工程起始点为七郎庙，终点为馒头山，总长2.27千米，分为两个标段实施。一标段自2010年8月至2013年10月完成实施，同时完成了630米江滨景观公园建设。二标段自2014年3月至2017年春节完成实施。大坝改造提升工程将沿江抛石加固20米至30米，2.27公里的古城墙全部恢复明代规制，恢复打开澄清门和福运门两座城门，完成景观改造工程即严州文化公园建设。

梅城大坝虽是一条沿江大坝，但完全按照古城墙式样进行建设。通过这次改造提升，梅城大坝内掩埋着的明代古城墙重新进入民众视野，市民和游客能站在城墙上遥望乌龙山，俯瞰老城和江流，沉醉于撩人的景色之中。原来的四座古城门都将恢复打开，让清新的水汽流入城内，再现严州古城的历史古韵。

更让人欣喜的是，这次对梅城大坝的改造提升，形成了一个极富特色的亲水平台。这个亲水平台原址位于澄清门外的江边码头，是当年严州（梅城）最重要的客货码头，已经存在了千百年，是严州（睦州）古城昔日繁华的见证。把原先的客货码头重建成亲水平台，能为人们提供亲近江水的好去处，零距离感受母亲河，也能让人们怀想曾有的繁盛，为古城留住一份遥远而醇厚的乡愁。

与此同时，以老城中轴线为主轴的老城区的古宅、民宅、牌坊、街巷的保护和修复工作也同步进行研究论证，澄清门等城门的门楼将予以重建，伟岸的门楼将重现当年的神采；大坝内的黄浦街等街坊也将重现旧貌。

“不难想象，梅城大坝的改造提升是很有难度的，因为遗留下来的明城墙早已被包裹在防洪大坝里，要让它重现光彩，必须先把它‘挖’出来，这还涉及文物保护的问题。沿江城墙是严州古城墙中最重要的一段，有的被埋没了，有的被拆毁了，恢复旧观的难度可想而知，而在恢复旧观的同时，还得保留和强化它的防洪除险功能，这也得精心设计精心施工，不能有半点疏失。当然，在我看来，作为古城修复保护起步阶段的重大项目，这段城墙和这几座门楼的修复，对恢复严州古城的整体风貌，对古城的修复质量水平，在一定程度上是一种定位，一种示范，所以它恢复重建的要求特别高。”陈利群说。好在通过各方面的努力，梅城大坝改造提升工程达到了预期要求。

沿江城墙和城门门楼的修复，成为古城恢复、保护和开发的突破口，唤醒了蛰伏多年的严州古城，为“三江两岸”迷人风景线添上了亮丽的一笔。“在这里，我还想特别提及两位领导的名字，一位是原市委书记童定干，一位是原市长洪庆华。在严州古城修复保护的初期，他们面对困难，敢于担当，拍板上马。没有他们的果断决策，严州古城恢复保护的步子不可能走得这么快，比如童定干书记，2016年全面启动古城修复，就是由他拍板，又由他推动的。”回忆至此，陈利群不无感慨。

2010年，“严州城墙遗址”被建德市人民政府公布为市级文物保护

◇古城墙内外（杨萧摄）

单位。

2012年，在浙江省、杭州市和建德市相关部门的支持帮助下，严州古城保护规划工作正式启动。

严州古城保护规划工作需要根据古城保护区域内的文化遗产状况和整体格局，编制出《严州古城保护开发利用概念性规划与城市详细设计》《梅城镇省级历史文化名镇保护规划》等，构建起严州古城镇域、历史镇区、历史文化古城多层次保护体系，为实施古城保护和修复工作提供基本方向和依据。

杭州市规划局在时任市长邵占维的指示下，着手进行了规划编制，并进行多次论证。

2013年7月，时任杭州市委副书记王金财来到梅城考察，明确提出建德市要将梅城古城改造提上议事日程，先启动一个示范街。之后，作为一个具体的保护和修复项目，该示范街规划设计工作由浙江南方建筑设计有限公司承担。规划设计初步方案出台后，2013年10月，相关专家、部门进行了多次论证，王金财副书记携杭州市农办、发改局、园文局主要领导和专家参加了论证。会后，建德市委、市政府正式成立了梅城古城保护领导小组，下设指挥部，确定了组织机构和运行体制。由建德市资产经营投资有限公司、梅城镇资产经营有限公司联合组建严州古城保护开发有限公司，负责项目的具体实施。

2014年，严州古城保护示范街项目正式启动，由严州古城保护开发有限公司实施示范街改造。此次示范街整治建设范围包括正大街、南大街的改造，1200米的古城墙二期，以及澄清门、福运门城楼的修建，整治修缮面积3.2万平方米，总计投资达1.5亿元。

2016年，浙江省启动小城镇环境综合整治行动，旨在通过加强规划设计引领，整治环境卫生、城镇秩序、乡容镇貌，让小城镇环境、功能全面改善。美丽环境转化成美丽经济，美丽经济带来美好生活。其目标是到2020年，在1000个左右小城镇高水平全面建成小康社会的基础上，100个左右小城镇率先达到美丽城镇要求；到2022年，300个左右小城镇达到美丽城镇要求，其他小城镇达到美丽城镇基本要求。

“美丽城镇建设”是浙江小城镇环境综合整治取得阶段性成效后的新目标，紧随着小城镇环境综合整治行动展开。它着眼高质量发展、竞争力提升、现代化建设，努力建设“功能便民环境美、共享乐民生活美、兴业富民产业美、魅力亲民人文美、善治为民治理美”的美丽城镇，形成城乡融合、全域美丽新格局，为建设美丽中国提供浙江样板。

从2017年起，建德市正式启动了严州古城棚户区改造工作，一批旧城改造项目得以推进。“根据古城综合保护需要，我们参考专家意见，拆除了部分没有保留价值的危旧房，为后期古城综合保护及开发利用拓展了空间。”陈利群介绍说，这无疑是2018年起梅城镇大规模美丽城镇建设的先声。

在这一轮棚户区改造过程中，通过“拆、改、用”并举，共完成投资约31.4亿元，合法合规实施项目361个，公共服务设施，5G网络、水电、交通设施一应俱全，使被改造地块环境整洁、建筑美观、生态宜居。其间，梅城镇组织全镇干部200人以上集中拆违行动96次。拆除各类违建2450余处，182473平方米，平整出土地116亩，为古城建设赢得了空间。

2018年8月，时任浙江省委书记车俊，对省委办公厅政研室《关于开展美丽城镇示范建设建议——“千年古府”建德市梅城镇调查及启示》作出重要批示，强调“美丽城镇建设的短板要补齐，梅城镇具有典型性、代表性。可由杭州市为主，市市联手共同研究推动规划、建设、管理，建设新时代美丽城镇，再现千年古府新面貌”。梅城镇成为省委书记的美丽城镇建设定点城镇，并成为全省美丽城镇建设首个试点镇。

同年，在杭州市梅城镇美丽城镇示范区建设指挥部总指挥、杭州市副市长缪承潮的牵头协调下，杭州市钱江新城管委会、杭州运河集团和建德市委市政府一起，正式开启了梅城古镇和古牌坊的修复工作。

2018年9月10日，梅城镇召开全镇干部大会，进一步明确梅城镇建设新时代美丽城镇、再现千年古府新面貌的新任务，强调要提高认识，抢抓机遇，打造新时代美丽城镇的典范，成为钱塘江上游一颗闪耀的明珠。

2018年10月17日，梅城镇召开美丽城镇示范区建设动员大会，誓师动员梅城美丽城镇示范区建设。在场相关部门和党员干部当众立下了“给我千日，还你千年”的“军令状”，用1000天创一个“活态严州”。

与以往任何一次城镇建设活动不同的是，这一次的梅城镇美丽城镇建设不但是杭州市实施乡村振兴战略的支点和重要突破口，还是在杭州市拥江发展的大背景下，进行的一次现代城镇建设的有益探索，将走出一条实施拥江发展、实现古城振兴的“梅城路径”，即大力发展旅游休闲等特色产业，积极创新商业模式，让老百姓在家门口享受到美丽城镇建设成果。这次美丽城镇建设的目标定位，是“千年严州府，三江繁华驿”，这就表明了通过美丽城镇建设，将全面保护和修复严州古城，挖掘和利用严州文化资源，推进文旅融合，让千年古府蝶变重生，使之成为一座具有鲜明历史文化特色的山水之城。

2019年9月6日，浙江省美丽城镇建设现场会在梅城召开，时任省委书记车俊率领全省地、市、县委书记来到梅城小城镇建设现场，察看了正在恢复中的古城墙、玉带河、南大街、三星街、小西湖驿站及部分民宿，并作了“想通过梅城建设新时代美丽城镇，再现千年古府新面貌，为全省层面积累经验，发挥示范引领作用”的重要讲话。在场的杭州市、建德市和梅城镇相关政府部门表态，力争将梅城美丽城镇建设项目打造成国内美丽城镇建设的第一个样板工程。

一场前所未有的古城综合保护建设工程在美丽的三江口全面展开。

第三节　古城新镇相得益彰，规划设计亮点纷呈

古城修复保护、美丽城镇建设，设计详规很重要。研究单位多次开展考古调查，梳理严州古城大致格局。在明确古城保护范围与状况的基础上，总纲规划和细部设计得以确定。古城与新镇相得益彰，成为改造和发展的一大特点。

高标准、高水平、高要求地建设好梅城这座美丽城镇，把严州古城打造成为最具吸引力、最具感染力、最具底蕴力、最具互动力、最具安居力的“五最”古城，重现昔日繁华，展现千年古府新面貌，必须有个高起点，科学的理念、完善的规划、精细的实施十分重要。

古城综合保护建设工程全面展开以来，在梅城镇，围绕美丽城镇建设的宗旨任务和目标定位，干部群众一起开启“头脑风暴”：在发展定位上，把握好“城”与“乡”的关系；在城镇建设上，把握好“老”与“新”的关系；在产业发展上，把握好“破”与“立”的关系……在严州古城的保护与开发这一问题上，大家普遍认为，不能破坏任何一处珍贵的历史遗存，不能在历史遗存周边简单地仿建古建筑，而是要讲求传统味、整体性、时代感，做到古今相融，让古城“活起来”，体现古城魅力。

的确，古城复兴之路，仅靠大拆大建显然行不通，如何在古城的保护与发展之间找好平衡点，是个重大考验。通过“头脑风暴”，也通过一系列的研究分析，梅城镇最终选择了“保护第一、考古前置、价值传递”的理念，以严州历史格局为基础，严格执行修复、恢复为主，修旧如旧，对古城整体风貌进行保护，既要让历史文化可感可知，也要让百姓家园可商可居，这才是古城“活起来”的必备条件。

让历史文化可感可知，这一点在严州古城修复保护工作中特别重要。古城复兴，有形还必须有魂。此地之魂，便是严州文化。这里有南宋“京畿三辅”的州府文化，有“严州不守，临安必危”的军事文化，有“千车辚辚，百帆隐隐”的商埠文化，有“诗画冠绝，享誉八方”的诗路文化，有“清官名宦，隐士高人”的名人文化，有“名著渊源，文学故事”的古典文化等。只有做到了文化为魂，内修气质，修复后的严州古城才能保留它的神采，才能保有它经久不衰的魅力。可以说，让这座千年古府重新焕发生机，最重要的就是“文化保护”这一条。

一步一履间，一墙一瓦上，总能寻觅到千百年间辉煌梅城的点点滴滴。文化是严州古城的根与魂，也是它最大的优势。该如何在修复、保护和改造中留存乡愁记忆，成了古城复兴“操刀者”首要思考的问题。

“这里所说的‘文化保护’是一个大概念，指的是在严州古城修复、保护和开发、利用的过程中，必须尊重严州文化，发掘和保护严州文化，弘扬严州文化中的优秀内容。严州文化包含有形的古建筑等，也包含很多无形的人文历史遗存，都在保护之列。幸运的是，全力‘保护文化’这一理念被广泛接受，成为严州古城修复保护的宗旨和原则。事实上，这是确保古城修复保护取得成功的重要前提。”陈利群说，这一宗旨和原则在持续多年的严州古城修复保护工作中始终未变。

包括古城修复保护、美丽城镇建设在内的城镇发展建设中，设计详规很重要。为了确保修复保护和建设质量，此前，杭州市规划局已经着手进行了规划编制，《严州古城保护开发利用概念性规划与城市详细设计》《梅城镇省级历史文化名镇保护规划》等也已相继出台。2017年，建德市邀请了来自清华大学、同济大学、日本早稻田大学等六家国内外顶尖学府的设计团队，对严州古城的主要街道、核心区块和重要古迹，重新编制和设计了修缮方案。这其中，同济大学规划团队所制订的严州古城保护和修复方案，被吸收为具体实施方案的基本框架。

在制订严州古城保护和修复方案的前后，北京大学考古学院、杭州市文物考古研究所等单位多次开展了考古调查研究，梳理明清严州古城的大致格局，明确了古城墙整体分布范围与保存状况，揭示了南城墙墙基、石板与砖铺地面等遗迹，清理出古代牌坊、石构件、陶瓷、青铜器等遗存遗物，发现了保存较好的明清西城墙遗存和拱涵形式的西水门遗址等，为下一步全面、系统的规划设计和具体的保护修复工作奠定了

◇西水门遗址（梅城镇政府提供）

基础。

2018年8月，建德市以招投标形式引进中国联合工程有限公司总承包梅城镇环境综合整治工程建设。9月，建德市政府与杭州运河集团签订了20亿元的严州古城保护与开发项目，旨在通过对严州古城的综合整治与开发、严州文化的挖掘、大严州区域更新与开发，重现严州千年古城风貌。同时，由杭州运河集团控股与建德市政府共同出资组建的严州古城（梅城）综合保护开发有限公司成立，具体实施美丽城镇示范区建设过程中的严州古城保护、修复和改造事宜。

按照规划，梅城镇美丽城镇建设一期工程有74个项目，总投资达38.67亿元。主要建设内容分为两个部分：

第一部分建设内容包括城镇道路建设与提升、街道景观整治、园林绿地建设、城市广场建设及门户景观提升等，具体工程内容包括：东、西入城口景观绿化工程，梅花中路—梅花南路环境综合整治工程，车站路—西门街环境综合整治工程，总府街环境综合整治工程，府前街环境综合整治工程，东湖、西湖水域整治工程，玉带河工程，背街小巷综合整治工程等。

第二部分包含了天际线首排建筑立面整治，城南路、三星街、后沥路、东门街、市民路、三星街延伸段的改造等。

而按照以同济大学设计团队为主提出来的严州古城核心区保护、修复和改造方案，可以把这次古城改造深化拓展为“一轴、一带、一环、六区”的总纲规划。具体来说，将严州古城的保护开发与美丽城镇建设相融合，在做好严州古城核心功能区保护的前提下，重点打造“六区”，融合外围宜居乐活新镇区，使梅城全域形成统一、多元的旅居乐活功能结构。

严州古城核心功能区为集文化休闲体验、旅游观光、康养度假以及传统居住为一体的功能片区，是古城开展旅游的重要承载区，既有传统历史文化，也有现代业态布局，更有百姓生活的烟火气。

同济大学方案中需要打造的“一轴”，指的是传统商业文化轴，即以正大街、南大街、府前街形成的彰显严州古城商埠繁荣特色的传统商业文化轴，是串联古城南北各重要节点、功能片区的重要轴线，也是古城发展格局的骨架，是未来整个古城文化展示的重要地段。以历史为基底，注入现代文旅元素，这里将是展示新时代梅城美丽城镇风貌和整个严州古城复兴样品最重要的区域。

“一带”，指的是古城文化休闲体验带，依托沟通东湖、西湖的一条历史水系，打造集商埠文化展示、诗路文化体验、传统技艺创作、名人典故文化传承的多功能、多方式、多层面的文化休闲体验带。贯通东西的玉带水系，半重现“山、水、城”的历史格局，让玉带河成为一条展示美丽元素、生态环境和文化底蕴的水系特色长廊。

“一环”，指的是古城人文景观环，即由依托严州古城墙遗址带的集城墙遗址、城门、水门、瓮城等共同形成的环状带状文化展示环，同时融入特色景观、绿地空间、滨水空间、山体空间等多维度、多形式的人文景观环。

在严州古城核心功能区，重点打造以下“六区”：

一、州府文化体验区。位于严州古城中轴线北侧，体验区内主要由严州府衙历史上重要建筑物组成，并融入现状遗存的青柯院和西侧严州文化研究中心作为体验、了解州府文化的重要承载区。

二、西湖写意游览区。依托西湖片区良好的自然环境，疏通蔡家塘等历史水系空间，恢复西湖水门及一段古城墙，修建龙山书院、新安诗画园等，并与宝贤书院共同打造成以诗路文化、书院文化为主题的西湖写意游览区。

三、东湖怀古游览区。依托现状东湖为基础，恢复严陵祠、关帝庙、字民坊、字民桥等历史文化遗迹，新建严州名人园、名著文学园、严州大戏台、非遗传承人工作室等，彰显严州古城名人文化、古典文化的游览区。同时根据自然水系环境恢复东湖水门，与区内规划的叠水、烟雨长廊共同形成古城内具有特色的自然、人文结合的景观。

四、古城商业休闲区。位于东西两湖之间，依据历史水系的格局，恢复宋家湖、江家塘，并通过历史水系与东湖、西湖贯通，形成由东到西的自然流动水系，引新安江水入城，恢复消失了半个多世纪的千年古河玉带河，形成横贯古城东西的水上主要游览线路，沿水系两侧建设以体现严州古城历史文化为主的商业业态，再现古城繁荣的商贸盛景。

五、古城生活体验区。主要由南侧东门街片区和北侧府前街片区组成，打造以传统生活居住方式体现严州古城特色民居的重要片区。选取合适的院落改造成民宿作为旅游配套设施，并依据历史资料记载恢复部分特色老字号，利用牌坊、古桥、古井等历史构筑的方式，烘托历史环境特色。

六、古城康养度假区。积极打造康养度假区，改造建德二院为康复医院，恢复建安山上的钟楼、鸣盛亭、古城墙等历史古迹，在建安山北侧空地预留发展用地作为远期康养度假区，打造杭州人的第二居所。

除上述保护、修复和改造项目之外，按照规划方案，建安山南侧馒头山一带还将进行整体改造，打造古城东游客服务中心，并与严东关景区共同形成古城旅游拓展区。

古城与新镇并存，且相得益彰，成为新时代梅城发展的一大特点。在同济大学方案和其他相关规划中，还进一步明确了“梅城城镇西拓”的发展战略，在城西区块规划建设梅城新城，规划总面积3.28平方公里，布局建德二院、严州中学、农贸市场等基础设施，并在此基础上加快发展，在保护古城的同时，兴建一座新城。

与此同时，结合严州古城的修复、保护和改造，改善梅城全域的生态治理，积极放大生态效益。主要通过包括拆违还河、拆违添绿、落后产能淘汰、古城水系综合治理等方式，统筹推进山、水、林、田、湖系统治理，构建起蓝绿交织、水城共融的生态肌底。在成功入选国家4A级景区镇的基础上，全力迈向国家5A级景区镇，使梅城的生态风景、人文风情加速转化为“钱景”。

2022年5月，中共中央办公厅、国务院办公厅印发《关于推进以县城为重要载体的城镇化建设的意见》，要求“传承延续历史文脉，厚植传统文化底蕴。保护历史文化名城名镇和历史文化街区，保留历史肌理、空间尺度、景观环境”，并提出了“到2025年，以县城为重要载体的城镇化建设取得重要进展”的明确要求。这为严州古城巩固美丽城镇建设成果，加快推进千年古府复兴进一步指明了方向和目标。事实上，从2018年以来，严州古城的保护、修复和改造，基本上是按照这一要求和精神，结合实际情况相继实施的。直至2024年，部分项目仍在陆续实施中。

2018年12月25日，杭州到黄山的高速铁路（简称“杭黄高铁”）正式通车。杭黄高铁设建德站，距梅城镇中心仅10公里，梅城对外交通由此更为便捷。至此，梅城镇周边已拥有一条高速、一条国道、一个水运码头，形成了高铁、汽车、游船“三位一体”的立体交通网络。而多条新建高速公路的开通，以及今后建德至衢州、金华铁路的建成，将

◇重建的严州古城古建筑（梅城镇政府提供）

使严州古城凭借交通优势释放出更大魅力，打造年接待量达500万人次的国家5A级旅游景区具备了更大的可能性。

严州古城在保护、修复和改造过程中，始终遵循规划先行，以规划引领绘蓝图，一张蓝图绘到底的做法。除了组织力量编制出《严州古城保护开发利用概念性规划与城市详细设计》《梅城镇省级历史文化名镇保护规划》等之外，还首创驻镇村规划师制度，实行首席设计师、产业发展师、驻镇规划师、拆改体验师“四师合一”制度，由规划师带领团队完成多规合一的建设方案并全流程督导。“梅城镇的驻镇规划师，还特意邀请了著名古镇建设者黄印武先生来担任，并由同济大学和省城乡规划设计研究院专业团队对规划的落实进行全程把关，从而达到高起点规划、高标准设计、高质量保护和建设。”建德市住房和城乡建设局负责人介绍说。

要让历史文化可感可知，让百姓家园可商可居，真正让古城“活起来”，那就必须在规划和实施过程中，做到产城融合，大力发展新业态经济。梅城镇党委书记邹泉介绍，乘古城修复保护东风，梅城镇持续引进酒店民宿、文化创意、康养休闲等主力业态，其中古城核心区位点对点精准招引、调整店铺，落地文旅投资，使古城文化业态日渐丰富。“我们古城复兴，复兴的不仅仅是一座城池，而是梅城镇整体的新业态经济。”让包括原住民在内的大批经营者，在古城从事文化业态经营活动，不仅极大地满足了居民和游客所需，而且有效地聚集了人气。

大力发展古城新业态，也辐射带动了周边乡村的发展。在严州古城修复保护过程中，梅城镇在核心区打造了千鹤嫂妇女创业街，在千鹤村建成集红色教育、会议培训、乡村旅游于一体的千鹤妇女精神教育基地。同时大力发展田园经济、美丽经济，进一步打响“九村公社”“千鹤一线红”两个农旅融合品牌；改建原洋尾初中校舍，打造吴茱萸研学宋景定《严州续志》载："状元坊，在军门外，淳祐庚戌，知府赵汝历以方逢辰大对第一，故表之。"明万历《严州府志》载："状元坊，在府前正街三元坊下，宋淳祐庚戌知州赵汝历为状元方逢辰立。"状元坊为严州最古老的牌坊之一，原址在今府前街与西门后街、总府后街的交会处。旧坊已毁于太平天国兵燹，2019年6月重建。

方逢辰，字君锡，号蛟峰，淳安县城郭高坊人。初名梦魁。淳祐十年（1250），宋理宗临轩策士，发现他所对陈述很有条理，亲自选拔他为状元，赐名"逢辰"。此后，他便以"君锡"为字。历任秘书省正字、校书郎、著作左郎，因上疏条陈海州丧师的丑闻，言辞激烈，让宋理宗反感，方逢辰只好称病辞官回归故里。开庆元年（1259），又被召回，

◇状元坊（梅城镇政府提供）

授著作郎，暂代尚书左郎官，不久因言事忤贾似道而罢官。景定二年（1261），任婺州知府，不久，又罢官。咸淳元年（1265），召为司封郎官兼国史院编修，实录院检讨官兼舍人，不久，调任秘书少监、起居舍人。其后历任秘阁修撰、江东提刑、江西转运副使、兵部侍郎、吏部侍郎等职。德祐年间，历官荆州、湖州、四川宣抚司参谋官，官至户部尚书。丁母忧去国，从此绝意仕途。宋亡，元世祖忽必烈曾下诏起用他，方逢辰坚辞不受，并写下《被召不赴》一诗表明心迹。

方逢辰是南宋著名教育家、理学家，人称“蛟峰先生”。他平生以格物为究理之本，坚持以笃行为修己之要，读书有法，劝诫有条。凡他所到之处，无不以教务为先，如吴中和靖书堂，金华婺州书堂与东阳义学，江西鄱江书堂、东湖书院、宗濂书院等，都是他的公暇治学之地。有《孝经解》《易外传》《尚书释传》《学庸注释》《格物入门》诸书行世。

与其他几座牌坊一样，重建的状元坊嵌入了不少从地下发掘的老构件，包括檐顶、斗拱、抱鼓石、花板等。整座牌坊具有浓烈的徽派风格，古朴威严，四柱三门皆以巨石凿制，有狮子、凤凰、花卉、鸟兽等浮雕，镂刻精细，栩栩如生。正面明间额枋上的匾额，题有“状元坊”三字。背面明间额枋的匾额上，则题有“甲第魁首”四字。字体笔力雄健，潇洒张扬，宛如行云流水。

在严州古城，除了上述牌坊，重建的里仁坊、字民坊、清朝耳目坊、祖孙科甲坊、都宪坊、富寿坊等，都值得前往瞻赏。在此可作个简要介绍。

里仁坊位于玉带河畔江家塘与古街之间，是为纪念北宋左司谏江公望而立。宋代睦州江家是望族，除了江公望和其兄公著、其弟公明，还有江公佐、江公亮，都先后举进士，堪称科举史上的奇迹。江公望在朝基地，建成千岛银珍现代农业产业园、鹤彩乐园田园综合体二期、清禅山舍等重点产业项目。

随着严州古城核心区修复保护的逐步推进，梅城镇不断加大“腾笼换鸟”“退二进三”力度，引导低压电器、五金等产业转型升级，以传统龙头企业搬迁入园带动配套企业、优质企业入园集聚，淘汰保护区周边“低散乱”企业。以亩均绩效为抓手，继续拓展产业发展空间，实施低效用地再开发，提升低效企业经济效益。由此，古城修复保护带来了整个梅城镇经济发展格局的完善和提升。

第四节 为了古城复兴，我们全力配合乐于奉献

加快旧城改造，建设美丽城镇，为严州古城恢复保护腾出宝贵空间。在持续多年的古城征迁改造工作中，一线工作人员迎难而上，广大居民积极配合，征收保障工作有序推进。坚持以人为本原则，征迁户的应有利益也始终得以维护。

“要以‘不留一户’的目标，一抓到底抓征收；以‘不落一人’的合力，一列纵队抓征收；以‘不歇一天’的状态，一鼓作气抓征收；以‘不差一分’的标准，一把尺子抓征收；以‘不谋一利’的要求，一条纪律抓征收。”2018年11月12日，梅城镇召开梅城美丽城镇建设征收保障动员大会，会上，时任梅城镇党委书记何瑞洪向在场的梅城镇镇、村党员干部，驻镇部门单位负责人和建德市美丽城镇建设指挥部综合组、建德市资产经营投资有限公司代表提出要求，以“责无旁贷的认识、舍我其谁的担当、全员发力的态势”强势推进征地拆迁工作。

其时，梅城镇棚户区改造征收清零工作已经基本结束，美丽城镇建设和严州古城修复保护工程正在加快推进，新一轮房屋土地征收工作必须尽早完成。梅城镇征迁一线的工作人员围绕“凝心聚力、担当作为，攻城拔寨、久久为功，再掀征迁工作新高潮，扬起美丽建设新风帆”这一工作主题，努力啃下一块块房屋土地征迁“硬骨头”，为尽早恢复严州古城风貌腾出空间。

历届党委、政府部门在征迁工作中发挥了战斗堡垒作用，体现了领导指挥职能。“征迁工作千头万绪，不少具体任务盘根错节，涉及方方面面，没有统一、及时、有效的指挥、组织、协调，很多工作难以开展。对此，党委、政府部门重点在整体规划、工作部署、力量配备、难点攻破等方面下功夫，主要领导还身先士卒，不仅成为指挥协调的负责人，还经常在征迁一线参与具体征迁，不少‘硬骨头’就是党委、政府主要负责人啃下来的。”时任梅城镇党委委员程小波回忆，当时还有不少退休老同志加入征迁一线队伍，工作十分投入。

2019年3月12日一大早，在“一二三，抬！……”的号子声中，梅城镇城南西路玉带河拓宽项目的最后一户被征迁户正在腾空。征迁人员和户主一起，小心翼翼地把一件件家具搬到货车上，用绳子绑住后运走。玉带河位于南城，历史上与东湖、西湖串联贯通，即将实施的古城修复保护工程将恢复原有的玉带河，但眼下此处的施工道路宽仅3.5米，只能供一辆混凝土车勉强通过，成为项目推进的瓶颈。而这户人家的腾空搬离，拆去旧房，将彻底消除瓶颈，为施工车辆开道。

随着这处瓶颈的消除，征迁工作人员老姚的一块“压心石”也搬走了。被亲切地叫作“老姚”的这个中年汉子，大名叫姚樟松，是梅城镇征迁工作线上的老黄牛。十几年来，他敲开了一户又一户家门，做成了一户又一户的工作，促成了一个又一个签约。无疑，刚搬迁的这户人家，正是他在这一轮征迁中的最新“战果”。

在梅城，像老姚一样全身心投入征迁工作的人，当然还有好多。他们中不少人已年过半百，但干起事来，发挥出来的劲头丝毫不逊于年轻人。他们敢于担当，迎难而上，一方面千方百计维护征迁户的应有利益，一方面全力以赴加快征迁工作速度。

洪锡荣已有近40年工龄，奋斗在征迁一线就有近20年。这一回，他所在的征迁小组承担了20户征迁任务，是市民口中的一线“江景房”，即都是临江的民居。这显然是“硬骨头”中最难啃的。没料想，从启动签约到结束，洪锡荣所在的征迁小组只花了一个多月时间。这其中究竟有什么妙招？原来，洪锡荣在实干中摸索出了好法子，即成立居民征收小组，让被征迁户中的党员、有威信的群众来做思想工作。他们现身说法，极有说服力，结果事半功倍。

梅城镇征迁工作指挥部确权评估组副组长卢雷是一名“80后”，他与组员们承担了所有房屋权属合法面积的认定。曾有一处需征收的老房子，不仅有公私房属性，还因一场火灾烧得只剩部分墙体，且有20个产权继承人，情况十分复杂。征迁工作人员刚上门做工作时，每个产权继承人对征收的态度都不一致，对征迁面积也有异议。卢雷听闻后主动上门，挨个联系共有权人，认真讲解政策，摆事实讲道理，终于说服他们签订了征收补偿协议。

“狮子雷”“雷厉风行”，这是同事和辖区居民给卢雷取的外号，说的正是他办事干脆、从不推诿、工作效率高的个性和作风。但一说到家庭，这个身高1.78米的壮实汉子却难以掩饰眼中的柔情。他的妻子和女儿都住在建德城区新安江街道，他一周难得回去一两次，8岁的女儿就渐渐地疏远了他。卢雷的妻子怀有二胎后，因身体原因在家休养，但卢雷忙碌在征迁第一线，根本无暇照顾妻子。不过，为了不影响工作，一旦别人问及此事，卢雷总是用“妻子应该已经习惯了”来解释。

正是有了这群全身心投入的征迁工作人员，自美丽城镇建设拉开帷幕以来，仅2019年第一季度，梅城镇就完成征迁签约170户，完成玉带河、府前街等重点区域签约45户，完成公房政策处理并腾退100户。严州古城核心区块各个建设项目大部分已开工。

“梅城镇要建设成美丽城镇，严州古城要修复保护，这需要我们居民的大力支持。对被征迁的居民来说，听从政府的安排，配合做好腾房搬迁工作，为古城建设腾出空间，这便是我们必须做到的。可以说，梅城居民的心是很齐的，都盼望着严州古城能早日成为旅游胜地，都盼望通过城镇改造，梅城能有个新面貌。”梅城镇严陵社区党支部原书记吴一飞告诉笔者，在这轮征迁中，他家必须腾空并上交老房子，因为不是原拆原建，以后也不回这老街坊了。对此，政府给了他们家非常合理的

◇严州总兵府遗址考古工作正在进行中（王春涛摄）

补偿，对房产的评估十分准确，还提供了实物和货币两种安置方式。“因为我们家订协议、腾房子、交房子都比较及时，政府后来还给了奖励呢!”

吴一飞说，从居住了几代人的老房子里搬出，心里一点也不留恋，这是不可能的，毕竟对这里的一草一木、一砖一瓦都已生发了情感。但老街巷的改造实在太有必要了，满眼的残破建筑、狭窄的街巷，缺乏公共卫生设施的旧宅，这些不单与提高生活品位不相适应，对古城风貌来说，也是“煞风景”的，不改造、不建设肯定是不行的。“说我们居民为古城修复保护付出了代价，做出了牺牲，其实，美丽城镇建成了，古城成为旅游热点了，最终还不是老百姓受益？所以这份付出是值得的。”吴一飞说。

梅城镇美丽城镇建设毕竟是一次巨大的城镇更新行动，仅从2018年8月启动以来，就有3000户左右的居民被征迁，其数量之大，是梅城镇历史上前所未有的。“这么大规模的征迁为什么能这样顺利？最关键的一条仍然是上下配合。”严陵社区党支部书记许卫明在梅城镇2020年征地拆迁大比拼誓师大会上说，社区两委干部、党员、志愿者、居民同心同力，全力投入征迁工作，做到不耍嘴皮、不扯后腿、不掉链子，这才是打赢征迁攻坚战的根本原因。

上下配合的一大原因，是始终维护征迁居民的切身利益，让他们真实感受到征迁带来的好处，认识到今后梅城镇发展将会带来更大的好处。“征迁政策非常人性化，可以说方方面面都考虑到了，还采取了‘一户一策’的征迁方法，谁家有特殊情况，就会在整体政策不变的前提下，对谁家单独制订征迁方案。毕竟我们住老房子已经住了那么久，政府组织的整体征迁，效率肯定要比各家各户自己改造要高，成本则肯定要低，这也是居民的福利。”严陵社区居民姜惠民说。在镇中心区，严州古城的恢复改造，主要是危旧房的拆除改造，并没有改变原有街巷的结构，商业还会更加繁华，百姓的生活会更加方便，居民们当然欢迎，就理所当然地支持配合了。

“像啤酒厂宿舍楼，20世纪70年代时建成的那种筒子楼，当年的建筑质量也不是特别过硬的，早已很残破了，完全跟不上如今的居住所需。还有四层楼高的医药公司废弃房子，与恢复后的严州古城风貌不协调了，肯定要推倒重建，或者改造成西湖驿站等。而同时，像胡恒茂故居、金源昌卷烟厂、清代邮局等有名的老建筑，要严格保护，还要修旧如旧，或改造成民宿酒店。整座严州古城沿街的房子，都恢复成清末民初的徽派建筑风格。这样的改造思路与文旅发展要求是符合的，也符合我们百姓的期待。”姜惠民告诉笔者。

当然，在长达几年的棚户区改造和美丽城镇建设征迁过程中，也会有极少数居民产生误解，一时间不够配合，造成某些区块征迁速度滞缓。如玉带河上宋公桥侧的一幢由原有厂房改成的旧住宅，其中一家住户提出了极高的搬迁补偿要求，这一要求明显无法满足。后来，经产权核实，弄清楚了这家住户的房屋产权本来就不齐全，该住户提出的补偿要求就失去了最重要的依据。按照相关政策，也通过耐心细致的思想工作，该住户最终接受了合理的征迁补偿条件，腾空并交出旧住宅，工程得以继续推进。

在房屋征迁过程中，尊重历史，解决遗留问题十分重要。程小波告诉笔者，由于年代久远，人口增减、家庭关系变化、社会变迁等因素都会对房屋产权造成影响，很多情况往往极其复杂，实在是一团乱麻。对此，征迁工作人员以维护百姓利益作为工作出发点，以尽力消除群众顾虑为目标，不厌其烦、想方设法做好工作。不少已经纠缠几十年的老问题，也在这次征迁工作中得以解决。

古城里有一栋老房子，名叫宁波会馆。在70多年时间里，原先的产权所有人已有子孙好几代，直接的产权人有20多人，其后代更是有上百人，且开枝散叶，居住在全国各地。要把这些产权人一一找齐，集中到梅城“签字画押”，一是做不到，二是时间上也不允许。怎么办？征迁工作人员经过调研了解，通过视频、书信、电话联系，确定了至今仍住在梅城的一名产权人，由他来全权受托负责宁波会馆的征迁事宜。哪怕这样，过程仍然是很麻烦的，毕竟每名产权人或他们的继承人都得明确表态，都会按相关法律和政策来维护他们的应有权益。在征迁工作人员耐心细致的指导、帮助下，终于在较短的时间内完成了对所有产权人的确权事宜。

居民的旧房被征收后，就出现了一个等待入住新房的过渡期。为了让这些被征迁居民能租住到方便、舒适的过渡房，征迁工作人员多次来到周边的村子，了解出租房的房源，协助被征迁居民与当地村民做好对接，同时及时落实安置费和过渡费。

“特别是那些被征迁户家里的老人，由于年岁大了，希望能租到阳光充沛的房间，同时不希望住到二楼以上的房间里去。而对于村民们来说，又往往不愿意把房子租给年岁过大的老人。怎么办？一方面，征迁工作人员来到现场，想方设法逐个落实，尽可能满足被征迁户的要求；另一方面，晓之以理，苦口婆心地做好村民的思想工作。”程小波说，在这个过程中，为了能早日落实征迁户的过渡安置，尽快推动征迁工作，征迁工作人员还不辞辛苦，经常主动帮助被征迁户搬家，有时一天要搬好几回。

艰苦的努力终于有了完满的结果。通过耐心疏导和政策落实，于2020年8月15日签订棚户区改造项目征迁协议的江家塘区块，最后一户建筑面积约140平方米的房屋于2021年3月实行保障性施工，这标志着梅城镇江家塘区块征迁工作全面完成，并为下一步整体区块发展提供新的发展空间。这也意味着梅城镇美丽城镇示范区建设的征迁工作基本完成，下一步将转入城区年度零星拆违和工业园区、国道等建设任务的征迁工作。

而在2022年，梅城镇全力实施城乡环境提升工程，拆除各类违建共8000平方米，同时全力实施项目推进提质工程。全年度清零征迁项目13个，安置项目4个，完成征地839.673亩，征迁88户（2企业），安置80户。严州共富邻里中心等项目有序推进。2023年底又完成棚改小二期安置房验收和分房工作，完成集镇15户房屋征收，完成龙溪村25亩土地征收，确保棚改大二期安置房顺利开工建设。

从以下这些数字中，可以感受自2017年建德市启动严州古城棚户区改造工作以来，历经美丽城镇建设、“三江两岸”生态景观保护与建设工程、拥江发展、“千万工程”等建设工程，在持续开展严州古城恢复保护过程中，梅城镇征迁改造工作的主要成果——

严州古城综合改造项目总投资7.1亿元，完成严州古城原核心区改造3200余户，拆除各类旧厂区、危旧房等21.9万平方米，核心区内迁出人口超1万人；拆除各类违建2500处以上，建筑面积约18万平方米，平整出土地116亩；消失了半个多世纪的玉带河，随着拆违挖渠引入新安江活水，全线贯通并串联起梅城东西两湖；腾笼换鸟淘汰落后产能企业126家，建成小微园4个，入园集聚企业79家，为古城恢复保护、建成历史生态文化景观带腾出空间。

突出沿江天际线整治，对145幢建筑实施降层处理，最高的一幢从7层降到了2层。问需于民，注重高效利用，拆后利用率达96.3%。拆后土地优先用于学校、医院、市民广场等公共服务配套，建成各类景观节点173处，公园绿地4.63万平方米，新增停车位3000个以上。被征迁居民搬离“筒子楼”住进“新洋房”，生活品质升级，人均居住面积增长近30平方米，帮助近千户居民告别了倒马桶的“蜗居生活”。

严州古城取得了家园焕新、古城复兴的阶段性成效，成为驱动共同富裕的新引擎。旧厂区变身美食夜市“严州三十一道”，棚户区成为“严州十二时辰”系列常态化展演主阵地，既增加了人气，又集聚了财气。文旅产业和宋韵文化正在成为梅城经济发展的新引擎。2022年“五一”长假期间游客人数、旅游收入同比增长320%和974%。

“我们家抽到了六楼，无论是采光还是格局，我对这房子都很满意。等到交房后就着手装修，争取早日入住新居。”2021年8月底，对于“老梅城”吕新根来说是值得铭记的日子——梅城镇最早一批因棚改在外过渡的原住民，迎来了他们的新居。作为梅城镇2021年重点推进的民生实事项目，全镇本次安置房源共1030套，按照实际需求首批拿出其中的869套，对2017年征迁的808户棚改安置户进行安置。安置房位于梅城镇龙溪村（原建业有机地块及周边农田），共32栋住宅楼，其中多层9幢、小高层10幢、高层13幢，配有配套用房、物管中心、社区活动中心等配套设施。

前往新房参观的居民陈军同样满脸兴奋。他发现安置房所在的紫薇苑小区就在梅城镇的西入城口，离老城的距离也不远，走路只需十分钟，周边医院、文化宫、农贸市场等配套设施一应俱全。新房上下楼有电梯，小区里有“口袋公园”，还有专业物业，配套齐全。“想想祖辈蜗居的小破房变成如今的楼房，对未来入住充满了期待，党委、政府真心为老百姓办了大好事！”陈军连声赞叹。

居民杨小妹的家原先在梅城镇正大街上，2017年棚改征迁后，杨小妹一家一直在外租房，等待安置房的建成。2021年8月28日，经过抽签选房，杨小妹高兴地拿到了新房的钥匙。她连忙来到新房所在的紫

◇如今的严州古城夜市（梅城镇政府提供）

薇苑小区，看着整洁的小区环境，高品质的公寓电梯房，杨小妹欣喜不已：“房子的品质、周边的环境比我预想的要好得多！住在这样的房子里是一种幸福。这下子我们全家都放心了。”

“本次分房以‘公平公正、阳光透明’为原则，前期制订详细方案，严格按照工作流程，采取‘全程录像、全场监督、现场抽签’的形式，全力保障群众利益。在工作人员的引导下，现场参与分房的住户们有序排队抽取房号，签订选房确认书。”程小波介绍，从8月26日起，只用三天时间，本次安置房的首批869套房源即已安置到位。下一步，梅城镇将继续分批次对2018年以及后续进行征迁安置的住户进行分房，真正让美丽城镇建设成果成为百姓安居乐业的民生福祉。

“梅城镇旧城改造，让很多百姓住进了新房，大大提升了居民们的生活品质。换个角度说，也增加了居民们的财富。你想，即便是在老城里，即便是独门独院或者上下两层，但房子已经这么破了，品质不好，面积又不大，还是自行搭建的，算起来能值多少钱？能与一套宽敞的、设施齐备的、高品质的小区新房比吗？”严陵社区居民谢振清由衷地说，当被征迁居民陆续搬进新居，逐渐感到住房条件改善后的种种好处时，就越来越支持美丽城镇建设和严州古城恢复保护，纷纷表示政府真是为百姓做了件大好事。

“雄蟠古睦东，俯视翠重重。白塔清凉界，乌龙伯仲峰。”（宋·金履祥《登严州北高峰用韵》）是的，经过了多年整治改造，恢复风貌后的严州古城已渐渐显露出她应有的丰姿。

第四章

重现昔日峥嵘，更添今朝姿容

第一节　找到每一块古建筑残件并利用起来

组织考古挖掘工作，是恢复古城风貌的第一步。“保护第一、考古前置、价值传递”，这是实施古城综合保护和开发利用工程始终坚持的原则。专业团队进驻现场，大量石构件重见天日，尤其是在梅城影剧院地下和池塘里挖掘出的古牌坊残件，无疑成了古建筑复原的宝贝，现代风格与古代风貌完美拼接。

“实施严州古城恢复保护工程，首先要做好的是考古挖掘工作，既为了保护传统文脉，也为古城风貌的恢复提供实证依据。”严州古城（梅城）综合保护开发有限公司总经理楼烨说，“保护第一、考古前置、价值传递，这是我们始终坚持的原则。”

楼烨曾在杭州市园文局工作，后调入杭州运河集团任职，是一位在城市建设领域工作多年的专家，尤其在文旅建设方面具有丰富的实施经验。而杭州运河集团在文旅建设项目上多有建树，小河直街、桥西直街、大兜路等历史街区和塘栖古镇，以及高家花园、富义仓、香积寺等文保项目都是杭州运河集团负责实施的成功案例。2018年4月，杭州运河集团与建德市政府签订战略合作协议，共同对严州古城进行综合保护与开发利用，主要合作内容是通过对严州古城的综合整治与开发、严州文化的挖掘、大严州区域的更新与开发，重现严州千年古城风貌。同时，由杭州运河集团控股，与建德市政府共同出资组建的严州古城（梅城）综合保护开发有限公司（以下简称“运河严州综保公司”）成立，具体实施美丽城镇示范区建设过程中的严州古城保护、修复和改造事宜。楼烨出任总经理。

“国企要有国企的担当。在严州古城综合保护与开发利用过程中，杭州运河集团接受杭州市委、市政府的部署，作为主力军承担了古城核心区示范区的建设任务；梅城方面则承担了征迁、周边环境整治等工作，双方是有分工的。”楼烨介绍说，梅城美丽城镇建设的目标，是建成全省美丽城镇建设的示范区，而这座美丽城镇又是一座具有千年州府历史的古城，它的要求之高可想而知，“杭州实施拥江发展战略，即从杭州市区开始，一直延伸到千岛湖及新安江、富春江、钱塘江两岸，而梅城恰好位于“三江两岸”相对正中这个位置，可以说是拥江发展战略的一个支点，一个核心，其重要性十分突出。”

虽然运河严州综保公司在2018年9月29日成立，但因为上半年就已经有所谋划，所以公司一俟成立，几乎是在同时，建设人马就入驻梅城，拉开严州古城恢复保护工程建设帷幕。

如前文所述，自从1993年修复思范坊和建德侯坊，尤其是在2014年严州古城保护工程启动以来，建德市组织的严州古城考古挖掘工作一直没有中断过，而从2018年八九月份开始，即在运河严州综保公司实施古城恢复保护工程建设之前，由杭州市文物考古研究所承担的古城核心区域面积1.56平方公里内的考古挖掘已经开始。这一次考古挖掘无疑更为全面细致。

“除了研读史料、勘察山川地形，我们进驻梅城后的第一个实质性

◇今日严州古城东门街（杨萧摄）

动作，便是组织考古挖掘。我们的考古挖掘的重点，就是对千年古牌坊残件，包括构件和残损件的寻找、挖掘和研究，为接下来的展示、规划和建设做准备。”楼烨不无感慨地说。对严州古城古牌坊残件的寻找、挖掘和研究、利用，让他感受极深，以至于贯穿了综保工程的全过程。“古牌坊的构建如此宏伟、精致，数量如此之多，这让我十分震撼。有了这些精美绝伦的古牌坊，接下来的规划和建设就有了翔实的依据，这给了我一个深刻的启示，就是做这类工作必须要有依据，不能浮在空中，不能凭空想象，还得要理论联系实际。只有在有根有源的基础上，创作出来的各类文化建筑作品，才会似曾相识，才能放出光彩。”

在严州古城，古牌坊是辨识度最高的历史文化遗产，建筑雄伟，结构奇巧，雕梁画栋，极其精美，是中国碑坊石刻艺术的瑰宝。同时，一座牌坊就是一段历史、一部传记，它们往往记录了历史，彰显了历史人物的非凡功绩。如曾经矗立在府前街的建于明中期的三元坊，就是为纪念明代名臣商辂“三元及第”而建。

对于严州古牌坊的由来、特点和价值，严州文化研究会会长陈利群显然有着极其透彻的了解。他介绍，史料记载，直至晚清，严州的大街小巷共有114座石牌坊。这些石牌坊大致可分为两类：一类为标志性牌坊，另一类为纪念性牌坊。标志性牌坊主要为衙署坊、街巷坊、坛庙坊、寺观坊、祠堂坊、书院坊、会馆坊、陵墓坊、桥梁坊等，纪念性牌坊主要有功德坊、功名坊、忠孝坊、贞节坊、仁义坊、百岁坊等。古牌坊一般由基座、立柱、抱柱石、横梁、额枋、字牌、檐顶等构件以及相当数量的装饰件组成，其建筑雕刻艺术都体现出当世的最高水平，是中国碑坊石刻艺术的集大成者，具有世界历史文化遗产的深刻内涵和风范。

然而，令人扼腕的是，严州古城这些历史性标志建筑，在近代以来的历史中，因地貌变化、城垣变迁、自然灾害、人为破坏等因素，到20世纪60年代已荡然无存。

2018年10月24日，习近平总书记考察了广州市荔湾区西关历史文化街区永庆坊，指出城市规划和建设要高度重视历史文化保护，不急功近利，不大拆大建。要突出地方特色，注重人居环境改善，更多采用微改造这种“绣花”功夫，注重文明传承、文化延续，让城市留下记忆，让人们记住乡愁。“我们马上组织学习总书记的这一重要指示，明确这一重要指示对古城规划建设的重大意义。接下来，我们在寻找挖掘历史印记、采取“微改造”和修旧如旧方面，都按照这一指示要求去做，注重文脉保护，反对大拆大建。”楼烨说，有了这个指示，考古挖掘工作有了更加明确的推进，对文物的研究和利用也更加有方向了。

显然，按照这一思路，确实应该把深埋地下和丢弃在池塘里的古牌坊残件寻找挖掘出来，并按原样恢复它的形貌和风姿，这成为严州古城恢复保护的一个重点。

除了1993年已经修复的思范坊和建德侯坊，需要规划重建的第一批古牌坊共有19座。对严州古城来说，每一座古牌坊都是标志性的。据当地的老年人说，这些古牌坊都有好几百年的历史了，但在“文革”时期，人们驾驶50年代造新安江水库时用的东方红拖拉机，用粗麻绳紧紧地绑在古牌坊上，然后开足马力拉，高大的古牌坊倾倒下来，石构件摔在街道上，摔成一段段的。又用大锤子把这些古牌坊残件砸碎，再把残损件埋入地下，或者干脆直接扔入池塘里。

古牌坊要修旧如旧，与当地居民的思路一样，专家们认为把掩埋和丢弃的古牌坊残件寻找挖掘出来，是最好的办法。即便石质构件已经残损，至少可以看到它的若干原貌，还可以嵌入重建的牌坊之中。

“我们找到了一位名叫陈伟民的80岁老人，请他回忆一下那些断碎的古牌坊被埋在了哪里，哪几口池塘可能有被丢弃的牌坊残件。几十年过去了，原先埋古牌坊的地方，后来建起了梅城影剧院，如今连影剧院也破败了，但大致位置还是在的，池塘后来也被填掉了，有的成了停车场，有的还建起了地面建筑物。老人领着我们实地察看，仔细回忆，一一指认，我们则按照他指认的地点，再结合文物考古研究所的勘探手法掘地寻找，光是梅城影剧院区域就进行了长达三个月的考古发掘，那年的9月下旬还形成了高潮。果然，古牌坊构件和残损件纷纷重见天日，规模非常惊人。”楼烨对寻找挖掘过程记忆犹新。

让人感动的是，在寻找和挖掘古牌坊残件的过程中，居民们纷纷捐还散落在民间的古牌坊残件。当年在古牌坊被毁之后，居民们捡拾收集起大量残件拿回了家，大多做了生活用具，比如洗衣板、压缸石，有的成了住宅建造的基石。虽然这些古牌坊残件体积不是很大，但保存得相当完整。

“居民们捐还古牌坊构件和其他文物的积极性非常高，基本上是无偿捐还。这些构件在后来的古牌坊复原过程中都派上了用场。这也是梅城居民支持恢复严州古城风貌的实际行动，让人感动。”楼烨说。

被埋没的古牌坊残件重见天日，这在当时还是一条不小的新闻，不少新闻媒体赶到梅城挖掘现场进行直播，这说明民众对于这些一度消失的古牌坊寄予了莫大关注，期待它们早日重建。

这一轮长达三个月的考古挖掘进展很快，成果惊人。初步统计，共收集到各种石构件3012件。其中，素面的石板、石条和残断石块共1396件，带纹样的石构件1554件，带铭文的石构件71件。纹样以狮、龙雕塑居多，还有鹤、人物、云、葫芦、凤、猴、牛、钱纹等。铭文有“清朝”“严镇副总兵官尚维勷中军都司特通阿左右两营守备任重于广汉”“察御史”“浙江等处提刑按察司”等字样。

“集中出土这么多古代石构件，在全国范围内尚属首次，这可以说是本次恢复保护工程中，严州古城馈赠给梅城镇的相当贵重的‘礼’。”杭州市文物考古研究所专家周学斌说，每一件文物都承载了一段厚重的历史，把它们慢慢拼凑起来，就能拼出越来越完整的严州文化，也能让古严州的形象越来越丰满，“根据已经发掘出土的文物情况，梅城镇将建成两个市级考古遗址公园。接下来，1.6万平方米的府衙、十字街南宋瓦肆街区的历史文化遗产考古工作也将展开，考古成果无疑将进一步扩大。”

从梅城影剧院地下和池塘里挖掘出来的古牌坊残件，无疑成了宝贝。专家们对每一块都不放过，分门别类，仔细考证研究，确定年代，为后续的规划建设和重建做准备工作。

“恢复古城风貌自然首先要考虑修复古牌坊等标志性建筑物，但究竟怎么修复，修复到什么程度，这是需要慎重考虑的问题，何况修旧如旧也有一个依据和标准的问题。”楼烨告诉笔者，“对此，早在公司成立前，我们的前期工作小组进驻梅城，首先想到的就是挖掘历史、通读古籍，了解古牌坊的历史，尽可能把每一座古牌坊的形制、风格、细部等弄清楚。那些古牌坊残件陆续挖掘出来后，通过考古识别，我们对它们无疑更了解了。但究竟怎么重建，还是需要反复分析、考虑的。”

其时，来自运河严州综保公司、严州文化研究会等机构的各路专家也在思索研究，认为在严州古城恢复保护工作中，尤其是对古牌坊的重建，现代风格与古代风貌，二者看似矛盾，其实并不，关键是如何把握好新与旧的关系，使二者在重建的建筑中相融。古城新生，一味复古和一味求新，都是不可取的。“记得当时，包括同济大学阮仪三教授在内的知名教授，专程前来梅城进行细致考察，一致认为梅城是长三角地区唯一的历史文脉可循、州府规制比较清晰、街巷肌理比较完整、历史遗存极其丰富的古城。对于它，只有把蒙蔽在历史尘埃中的特质，即它的文化遗存、历史风貌，通过我们现代的手法，充分展示出来，才能体现当代美丽城镇的新的魅力，绝不能把二者完全切割开来。”楼烨说。

坚决不造假古董，绝不凭空想象，这是必须坚守的理念。“恢复”与“再造”是两种不同的思路。那种凭借简单想象设计出来的东西，那些所谓的仿古建筑，胡乱复制、朝代混杂的古街旧坊，都不应该出现在恢复后的严州古城里，这是各方专家和决策者的一致意见。

“我们与专家一起，对古牌坊每一个残件都进行了分析、研究和识别，比如这个是什么云纹，这个题字有什么样的落款，这个残字与那个残字是不是同一个字，能不能相拼。在对这些残件有了十分全面细致的了解后，我们又与专家一起研究古牌坊的重建技术。”楼烨的介绍十分详细，“为了保留历史原真性，我们创造性地提出了新旧结合重建古牌

◇玉带河一景（梅城镇政府提供）

坊的方式，即在保证结构安全的前提下，一些主要的承重构件可能是用新的石料，但是一些装饰性的构件，如雀替、葫芦宝顶、栌斗等，以及抱柱石等构件，就可以把挖掘出来的、相对完整的、纹饰精美的老构件拼进去，甚至是能相拼的都相拼，使重建后的古牌坊实现新与旧的结合，从而在风格上达到修旧如旧的要求。”

这个方法果然十分奏效，辑睦坊就利用七件老构件完成重建，状元坊、三元坊、字民坊等多座古牌坊重建也拼入了多处老构件。而在新与旧的结合过程中，由于十分注重新石料的选择、工艺上的细致，重建后的古牌坊在整体上相当和谐。可以说，在精细的“绣花”功夫之下，珍贵的历史文化遗存有了与现代生活融为一体的机会。

不仅对从地下和池塘里集中发现的古牌坊残件如此处理，在此后开展的建设过程中，一旦发现古牌坊残件，运河严州综保公司和专家们就立马开展分析研究，予以相拼利用。2019年4月，运河严州综保公司在东门街施工时，发现了两块两三米长的牌坊基座，十分精美，可以辨别出属于古牌坊尚书坊。公司马上组织专家进行研究，随即采取就地保护措施。

而对于因年代久远，已低于现有路面标高的古牌坊基座，在古城风貌恢复过程中，予以适当调高基座高度，安放玻璃保护罩，结合绿化布置打造成街头微景观，并增加游客休息座椅。“在就地保护后，这处景观既是历史遗迹的活化体现，又是游客休憩的落脚点，真正实现历史和现实的合理交融。”楼烨介绍说。

第二节　精细的“绣花”功夫，留住历史活化石

尊重历史，精雕细刻。古城风貌的恢复必须依凭确凿记载，必须尊崇历史发展脉络走向。古城墙及城门的保护和重筑、水门的考古发掘和展示、古民居的修复和保护……为了尽力留住历史活化石，更多的是选择了微改造的方式，不搞大拆大建，不厌其烦地还原。

与古牌坊的重建同步，严州古城内的古城门、古街坊、古宅院等也在开展考古挖掘，逐一进行风貌的恢复。

2021年5月2日，全国政协委员、南京大学历史学院教授、南京大学文化与自然遗产研究所所长贺云翱等一行，来到梅城考察调研严州古城墙保护工作，并对严州古城申遗的筹划提出建议。贺云翱教授一行沿着明清城墙，实地考察了西水门遗址、严州古城墙澄清门至福运门段、浙大西迁梅城竺可桢办公楼、总兵府考古遗址等历史遗存，观看了严州古城保护利用与规划短片，听取了严州古城恢复保护和开发的相关情况介绍。

贺云翱教授对严州古城在恢复保护和开发利用过程中注重历史文化内涵的挖掘和传承的做法表示认可，同时对利用申遗的契机进一步推动古城墙保护工作的理念表示高度认同。

对于严州古城墙的恢复和保护，贺云翱教授一行提出了三点建议：一是要持续开展城墙价值的深入研究，做好城墙遗址的考古发掘，提炼形成具有说服力的文物价值；二是要做好城墙保护与城镇发展的统筹协调、融合发展，做好利益均衡，并加强文物修缮的专业性、科学性；三是要不断完善城墙的遗产保护相关研究、规划编制等基础性工作，并在此基础上提升文物保护级别。

古城墙除了保留至今或考古发现的城墙遗存，当然也包括各座城门、谯楼，以及相关的建筑物。按照文史专家朱睦卿的介绍，北宋方腊起义被平息后，因州城损毁严重，宣和三年（1121），知府周格主持重筑城垣。此次重筑，严州府城的面积缩小到2.25平方公里，比唐时的州府面积减少了一半。但这次建城有了各座城门的确切记录："东曰望云，南曰定川，曰安流，西曰安泰，曰和平，北曰嘉贶，东北曰百顺，西南曰善利。"共八座城门，形制和规模都不小。

宋宁宗嘉定六年（1213），距周格主持筑城已过去了90余年，城墙"岁久颓圮弗治，至为樊墙，以限逾越，知州宋兴板筑"（景定《严州续志》卷一）。这回的筑城，州城面积有所扩大，约为3.75平方公里，施工质量也特别好，"濒江一带，雉堞如制，累经巨浸莫能坏。馀虽土垣，犹乃坚好"。

严州府城最后一次筑城，是在元至正十八年（1358），主持者为严州守将、曹国公李文忠。也就是这一次筑城，严州城垣出现了梅花状雉堞。这一次筑城，州城面积又有所缩小，约为1.02平方公里，设城门五座，"东曰兴仁，西曰和义，南曰澄清，北曰拱宸，西北曰武定。各覆城楼，护以月城，惟北无月城”（万历《严州府志》卷三）。这五座城门一直保留到今天。

而在接下来的600多年中，尽管严州古城墙有过毁坏，有过修缮，城门的功能、名称有所变化，但其规模、格局、走向、形貌等，自李文忠主持筑城以来，大体沿袭至民国前。

明代后期，随着商贸的不断发展，严州临江只有一座城门的状况已难以适应需要，便在沿江城墙的东段另开了一座城门，俗称小南门（与俗称大南门的澄清门相对）。此门曾在明末崇祯年间被封，有人说可能与动荡的社会局势有关，但真实原因至今未解。清道光年间又重新开启，时任严州知府聂镐敏还为此写下《重开小南门记》，并将重开的小南门命名为福运门。

事实上，严州古城在历次筑城中，除了筑有旱城门之外，还曾有四座水城门，这无疑与严州地处三江口、城内多有河湖的地理特点有关。

保留至今的严州古城，主要的城门有澄清门、福运门、定川门（以上均位于城南江岸），以及朝京门、兴仁门等，还有与严州古城地理特征相匹配的水门。据民国《建德县志》卷三载：“水门四：一在拱宸门西，久塞；一在建安、秀山之间，名水戽门；一在兴仁门左，旧有闸，以司启闭；一在和义门南，通西湖。”朱睦卿介绍，这四座水门中，城北的水戽门实为水斗门之误。斗门是设在堤堰上用以泄洪的闸门，因为城北乌龙山之水经此入城，其性质犹如防洪之斗门，故称之为水斗门。

这水斗门还出现在相关民间故事中。据说梁山军征方腊时，因睦州城防守严密，宋江久攻不下，十分焦急，武松见此情形，主动请战，愿去城内打探军情。但他从城北的水路进，却被暗设的飞刀切断了左臂。城破之后，他以右臂活捉了方腊，这便是脍炙人口的“武松独臂擒方腊”故事。

在此，位于古城西南侧的西水门遗址的考古挖掘和保护利用值得一说。

西水门即西湖水门，在和义门南侧，外接西湖，通城内蔡家塘，内连玉带河道，通东湖，是严州古城重要的安全防护和泄洪排涝设施。西水门遗址是严州古城仅存的一处保存较好的水门，这次考古挖掘主要是针对它的地下部门。

根据《读史方舆纪要》记载，结合考古发掘，可知严州古城明清城墙主体为曹国公李文忠主持修筑，而宋城墙为知州周格主持修筑。

2019年3月至6月，运河严州综保公司委托杭州市文物考古研究所对西水门遗址进行考古，挖掘出西水门、西城墙及道路等重要历史遗存。其中，城墙遗迹三处，呈南北走向，大部分为明清时期所建。在部分明清城墙底部发现两处宋代城墙遗存，一处长1.88米，用石条错缝平砌；另一处长0.83米至1.74米，为青砖砌筑。在西城墙外共发掘长度约35米的道路遗存，基本呈南北走向，路面由小砾石和青砖平铺而成，建于明清时期。

更让人惊喜的是，考古人员在明清时期堆积下发现了宋元时期的文化堆积，并在明清城墙的内底发现了宋代城墙遗存。宋城墙被压于明城墙底部，且被包裹于明城墙内部，这显然符合两个不同文化期的遗迹保留规律。

考古发现，西水门之涵洞入口呈八字式，分内、外两部分；涵洞洞身分入口节和出口节，其基础、侧墙、拱顶均用石条砌筑；涵洞出口为直墙式，侧墙及端墙均为现代补砌，发掘前已裸露于地表，端墙中部立面刻有“小西湖”字样，远洞身处较窄，两侧墙平行，经玉带河通往西湖。

“西水门遗址考古挖掘工作非常圆满，不但首次以考古发现的实物印证了宋代严州筑城的历史，更为古城风貌的恢复提供了强有力的依据。然而，如何在考古挖掘基础上，恢复和再现西水门历史风貌，我们有过不同的设想，比如依照相关典籍记录，完全恢复旧观；像黄鹤楼、雷峰塔那样新旧融合，增加现代感；还有一种设想，则是建一处考古遗址公园，让人们既能通过历史遗存，以及考古挖掘时的照片、图文介绍等，了解西水门昔时的景象，了解这一处遗址的特点，了解考古挖掘过程，从而进一步了解严州古城，了解历史文化，又能在这块历史的故土上修身养性，怡然自乐，一句话，为市民游客提供一处集遗址保护、文化展示、逸致休闲于一体的开放式公共文化空间，这样更符合当下不同年龄和文化层次人群的需求。考古挖掘现场也可以得到最大限度的保护。”楼烨介绍，经过一番讨论，最后这一方案得到了专家和领导的高度认可，西水门考古遗址公园项目就这样被推了出来，并成为严州古城恢复保护工程中的一大亮点。

2020年9月，严州古城西水门考古遗址公园项目开工，至2020年12月23日通过竣工验收，2021年元旦对公众开放，成为展示千年古府变迁史的生动窗口。

据介绍，西水门考古遗址公园项目保护理念及设计手法主要是，以公园的形式对考古遗址进行保护，以原真性为总体保护理念与原则，以艺术化的手法打造集遗址保护、文化展示、逸致休闲于一体的开放式公共文化空间。其“保护”“传承”“利用”三者，有着十分明确的指向。

在保护方面，将遗址保护和公园设计相结合，通过专家论证，运用覆棚保护、遗址修复、旧件新用等系列手法，对考古发掘成果进行有效保护。

在传承方面，让“老与新”有机结合，以现代简约的艺术手法展示

◇西水门遗址今已辟为公园（梅城镇政府提供）

传统文化空间，让市民游客在移步换景中充分感受到严州的历史底蕴，让公园成为展示千年古府变迁史的生动窗口，成为文化传承的纽带。

在利用方面，西水门考古遗址公园重在为市民游客提供一处休闲体验空间，满足不同年龄和文化层次人群的需求。

严州古城现存的古建民居以明清、民国时期为主，带有一定的地方特色，如传统建筑院落较为狭小，与徽州民居类似，但其建筑细部较徽州民居繁复。这样不可多得的古城遗址必须用心对待，恢复保护过程中绝不可草率对待。

突出地方特色，注重人居环境改善，更多地采用微改造这种“绣花”功夫，不搞大拆大建，力求最大程度还原历史建筑原有格局和建筑风貌，这是严州古城恢复保护工程中规划和施工的基本原则。西水门考古发掘和遗址公园建设只是其中一例罢了。

“我们在建设施工中，十分注重这一点。公司刚刚入驻严州古城时，街区非常破败凋敝，但我们没有一拆了之，更多采用的是微改造。”楼烨举例说，当时城南区块有几十幢历史建筑，运河严州综保公司首先委托浙江省古建筑设计研究院制订了“一幢一方案”，精准制订维修措施，在尽可能保留原有古韵的前提下施工改造，既做到了修旧如旧，同时也符合当前的建设施工要求。

如三星街上的汪氏故居，有着100多年历史，曾面临倒塌危险。“我们在组织墙面修复时发现，墙面外露面积大，按照传统做法直接用

◇经过更新改造的古民居（梅城镇政府提供）

涂料粉刷，一大片白墙容易引起审美疲劳。”几经讨论后，一个全新的方案问世，“我们把损坏的墙面卸下来，收集类似旧砖，请来当地工匠采用古法修补，恢复外墙原有面貌。”楼烨介绍，凭着精益求精的工匠精神，整修后的墙面几乎看不出修补的痕迹。

运河严州综保公司发现，严州古城有将近30处历史建筑，可以采用微改造的方法予以修缮，并在2020年底完成。对经过微改造的历史建筑，可以引入酒店民宿、会议活动、小型专题博物馆等业态，让历史文化与现代生活融为一体。

在严州古城恢复保护工程实施过程中，如何处理好建设施工与居民正常生活的关系，处理好文化传承与现有建筑的和谐共存关系，也是一门学问。岁月更迭，严州古城的建筑、街巷都已发生了很大变化。因此，在重建牌坊等古建筑时，有时还必须抽出时间和精力调查了解附近建筑的历史和现状，与当地居民交流协商，以赢得他们的配合和支持。

石牌坊动辄高达12米，宽度也往往超过10米，重建牌坊的难度不亚于在马路中间建一座带门洞的三层城楼，对周边建筑的采光、居民的出行都会产生一定的影响。其间正在梅城镇挂职的杭州市委统战部干部张炜回忆，刚开始时，周边的居民对此意见很大。如恢复清朝耳目坊，规划建在府前街的中段，而周边居民较多，且都是原住民，反对的声音很大。“矛盾双方很奇怪，一方是代表严州文化的古牌坊，另一方是具有严州精神的本土居民。”张炜说。是的，双方本来就不应该发生矛盾啊，但居民在个人利益有可能受到影响时就表现得特别激烈，这着实让人感到意外。

张炜回忆，为了化解矛盾，与征迁工作一样，负责建设施工的各方人员既要顶着严州古城恢复保护工程和小城镇建设进度的压力，又要千方百计做通老百姓的思想工作。为了排除困难，获得老百姓的支持，他们不知背负了多少额外的压力。但无论如何，结果是好的，经历近三年，和居民沟通协商并优化方案后，清朝耳目坊终于在2022年底立起来了，皆大欢喜。这充分说明严州文化和严州精神的高度统一，再大的困难、再深的矛盾，也会因文化的认同而化解。

而在确保建设工程质量方面，除了监理方细致认真地工作，梅城镇机关参与征迁和建设的干部们发扬工匠精神，自觉承担起质量监督的任务。老街上，青石块的色彩和不和谐，墙壁做得粗不粗糙，只要发现了问题，哪怕是下班时偶然路过，他们都会向施工方或者工程建设指挥部反映，及时纠正调整。

三星街道路狭窄，宽仅3米左右，但街道下方的各种管道很多，包括自来水管总管、自来水管分管、排污管、雨水管、电力管、通信管等，因为道路窄，各种管道都得放下，所以管道的尺寸事先有严格的设计。由于管道的施工是陆续进行的，如果前面那根管道超出了设计尺寸，后面的管道就无法布放。“当时我们的干部发现，其中一根管道尺寸超了，便当即要求返工。施工单位生怕增加成本，不愿重做。我们的干部坚持原则，紧盯住对方，非要返工不可。后来，工程建设指挥部也来了，认可返工的建议，迫使那家施工单位认真返工，做到完全达到设计标准为止。”程小波讲述这则故事时，颇为动情。

第三节 东西两湖和玉带河通了，古城就活了

清亮的流水赋予古城以非凡的灵气，完美水系的恢复让古城“满盘皆活”。治水是梅城镇美丽城镇建设的重中之重，也是古城有史以来规

模最大的一次水系治理行动。河道复原了，河底疏浚了，水面恢复了，碧水似镜、小桥流水、亭台楼阁、绿树成荫的风貌重现在人们面前。

“有家皆掩映，无处不潺湲。”（唐・杜牧《睦州四韵》）2020年9月2日，随着严州古城玉带河最后一处清淤完成，东湖泵站开启，引入新安江活水，承载了千年历史的玉带河再次贯通，离散多年的东湖、西湖再次“重逢”。9月8日，玉带河上，一条元宝船从西湖顺利驶抵东湖，实现了当年国庆节前的首航目标。这意味着经过两年左右的整修，作为千年古府主动脉的玉带河恢复工程已经圆满完成，玉带河即将重现昔日的荣光。

1968年，由于富春江水库建成后需要蓄水，严州古城外江水水位抬高，古城内水系无法直排入江。为解决内涝问题，东湖、西湖上游的河道不得不全部改道，即直接引入新安江中，不再流经城内。由于不再承担排水功能，随着城镇建设发展，河道被覆盖，渐渐埋入地下，流淌千年的玉带河进入“沉睡”状态。

2018年，梅城镇美丽城镇建设项目拉开序幕。经多方征求规划意见，结合当地百姓呼声，玉带河恢复工程被提上议程。通过招投标，玉带河贯通恢复工程由中国机械工业集团中国联合工程有限公司（以下简称“中国联合”，总部位于杭州市区）实行EPC总承包（指承包方受业主委托，按照合同约定对工程建设项目的设计、采购、施工等实行全过程或若干阶段的总承包，并负责所承包工程的质量、安全、费用和进度）。

玉带河又称玉带水，古称南沟，因地处城中心，又被叫作玉街，位于严州古城东西向中轴大街即总府街之南，是城内水系最重要的组成部分，基本呈东西向，连接西湖与东湖。清代何士锦在《重筑东西湖坝序》一文中说："东西湖回环左右，筑堤引水逆流而西，宋地师吴景鸾所谓玉带水。"其具体分布走向为：自与西湖仅有西水门之隔的蔡家塘开始，向东经后沥桥，再往东北折拐，经江家塘、二板桥，至太平桥，之后再向东经三板桥、宋家湖、字民桥，与东湖连通。玉带河水的来源有二：一自百顺门外池来，一自乌龙山东西源来，二水经城内合为南沟。

很久以前，乌龙山之水由水戽门（西水门）至马贺桥入东湖，与碧溪水合流至佘浦桥入新安江。南宋时期成书的《严州图经》中，即有"自百顺门外池流入南沟"等关于南沟的记载，其图中也可看到玉带河的踪迹。可见，至迟在南宋时期，玉带河就已经存在。

明万历六年（1578）编纂的《严州府志》载："在城东门内建德县前百步。嘉靖四十年，知府韩叔阳因旱涝不常，筑堤以捍之，遂成巨浸，水由太平桥绕入西湖。"因逆水西流萦回如带，故名。这也就说清楚了玉带河地名的由来。

玉带河恢复工程作为严州古城恢复保护核心区域工程备受关注。严州古城内这一最重要水系——玉带河恢复工程启动之初，考古挖掘人员首先进入工程现场沿线，考究古玉带河蜿蜒的走势，同时向当地居民请教，明确玉带河的分布走向和驳岸结构，为恢复工程的全面展开奠定了基础。

2018年10月至2019年3月，与梅城古牌坊及石构件考古调查相同步，杭州市文物考古研究所会同建德市文物保护管理所对梅城镇玉带河沿岸及驳岸进行了考古勘探。

据载，玉带河驳岸的修筑相对较晚。因"徽、婺各水汹涌而来，七里泷曲折阻隘，奔泻不及，而城内惟太平桥最卑下，常有水患"，万历十六年（1588），"同知危以平开通沟渠，筑砌街道"（光绪《严州府志》)。这是砌筑玉带河驳岸时间的确切记载。万历二十四年(1596),建德知县刘洪谟续加开浚,岁久淤塞。而从万历《严州府志》舆图来看,玉带河沿岸的蔡家塘、后沥桥、江家塘、太平桥、宋家湖、字民桥等水塘、桥梁均已存在,其走向及沿岸附属建筑已基本固定,一直延续至今。

清康熙年间,知府梁浩然、任风厚先后主持对玉带河进行了治理。嘉庆十九年(1814),知县张四箴集资,将玉带河上各座桥梁皆环以石栏。道光五年(1825),知府聂镐敏对玉带河重新疏浚。同治五年(1866),知府戴椝复浚。同治六年(1867),知县沈宝恒让县绅陈元善督浚。同治七年(1868),沈宝恒又主持疏浚。光绪十一年(1885),由知府宗源瀚主持,对玉带河进行了较大规模的疏浚。

到了1919年,建德知事张良楷以渠道淤塞为由,在对玉带河进行疏浚时,只从宋家湖疏至蔡家塘止,疏浚后水深约5尺。接着由正街太平桥起,东至字民桥,西至后沥桥,沿堤劝毁民屋,增筑横街,环以石栏。两岸粉墙黛瓦,廊檐相接,店铺栉比。张良楷还别出心裁地在玉带河沿线,每隔一段就建有一个水埠头,居民可以在上游拎水、洗菜、淘米,在下游洗衣物。无疑,这是对玉带河及沿线面貌的又一次较大改变。

考古勘探前,考古人员首先对玉带河沿岸进行了实地踏查,在二板桥东北,发现了早期的驳岸遗存。另在东湖西北角也发现一小段早期驳岸。考古人员先后对蔡家塘及后沥桥西部、字民桥东侧、三板桥附近、后沥桥及其东部玉带河岸进行了考古勘探,均发现了石砌的早期驳岸。

经考古勘探,蔡家塘及后沥桥西部、后沥桥及其东部、三板桥附近、字民桥东侧均不同程度保存有早期的驳岸,主要用大小较均匀的石块砌筑,局部用砾石砌筑,部分驳岸顶部平铺有石板。

◇玉带河沿线建起了与环境协调的仿古建筑（徐竹生摄）

结合文献记载分析，此次考古勘探所发现的玉带河驳岸，蔡家塘至字民桥段主体应为民国时期修筑，当然不排除其中部分驳岸为明清时期遗存；而字民桥东侧的玉带河驳岸可确定为明清时期所建。

通过对玉带河沿岸的实地踏查和对蔡家塘岸及后沥桥西部、后沥桥及其东部、三板桥附近、字民桥东侧等处玉带河驳岸的考古勘探，以实物的形式明确了玉带河的分布走向和驳岸结构，了解了部分古桥梁的具体位置和基本砌法，并在后沥桥西部发现了小型的河埠头，这为研究严州古城的水利、桥梁及古城居民的临水生活方式提供了重要的实物资料，同时也为严州古城恢复保护工程，尤其是实施玉带河恢复工程及沿岸景观打造，提供了重要的历史文化依据。

玉带河恢复工程完成后，如今在严州古城，站在河边望去，玉带河波光粼粼，东湖与西湖则是两颗熠熠生辉的明珠，惹人喜爱。的确，玉带河恢复工程恢复的不仅是古河道，两岸临水建筑以及沿岸景观带建设，同样是个重点。

“玉带河恢复工程在狭窄拥挤的城区里，重新开拓出了环境和景观发展空间。有了空间，一系列高水平规划和创新举措能随之落地，勾画出独特的历史生态文化景观带。”中国联合严州古城玉带河项目负责人说，玉带河恢复工程是个系统工程，它本身就是个水系，不仅仅是一条河道。它有河，也有湖，还有桥，河岸两侧还有集历史文化展示和生态景观休闲于一体的特色街区，其间还有一处处重要的人文历史景点，都是值得精心打造、不断推出的。

前文已有介绍，包括东西两湖在内，严州古城内的水系既有自然形成的河流、湖池，也是一代代严州（睦州）人为了防洪和灌溉，不断挖浚、开拓的结果。所谓玉带河，其实是把两湖之间的一座座湖池互相连通，形成一条水系罢了。这些湖池，包括城东的宋家湖和城西的戴家湖、江家塘、蔡家塘等，大部分为自然形成，是古城内重要的水源，而贯通东西两湖的玉带河，即民间俗称的“腰带水”，则是对上述湖池，加之同为自然形成的南沟等，进行开拓、凿通，连接而成的。

有关严州（睦州）聚有王气，将出“真龙天子”的民间传说由来已久，据说其最大的依据是这里的风水。有风水先生说，乌龙山是一条卧龙，州城是龙头，东西两湖是龙的两只眼睛，徽港、龙港等河汊则是龙的胡须。此地将出“真龙天子”的消息传到皇上的耳朵里，皇上自然是很不高兴的，即让文武大臣商议破解之法。有人说，只要把两湖中的一个隔出城外，“独目不成龙”，这风水就破了。这便是如今东湖在城内而西湖在城外的由来。还有人说，让东西两湖贯通，并让东湖之水西流，减缓下泄之气，让州城东面下水方向的建安山起到“收气挡风”作用，也是一个破解之法。这也便是在两湖之间的城中出现“腰带水”的另一原因。毫无疑问，这些说法以及所谓破解之法都是无稽之谈，但两湖贯通使严州水系更趋完善，这方面还是具有一定作用的。

宋家湖又称小东湖，为玉带河连接东西两湖之间的湖池，位于东湖之西，三板桥与字民桥之间。之所以称宋家湖，分明与宋家有关。

西晋末年，冀州刺史宋兴因勤王有功，东晋立国后，晋元帝司马睿封其为开国侯，食邑建德。宋兴死后葬于苔溪（三都溪）之滨，御赐建造开国侯庙，此为今建德宋氏之鼻祖。

苔溪为严州古城之东的三都地区主要溪流，古称小石塘源，分前溪和后溪两条支流。后溪源发于凤凰（原洪岭乡）之井硎岭。旧志云：“明李文忠克严州，进兵下浦江，盖取道于此。”（《读史方舆纪要》卷九〇）溪水西北流，经乌祥口有石塘涧水汇入。

前文所述《梅花赋》的作者宋璟，即宋兴的第十四世孙。唐开元三年（715）三月，唐玄宗因受小人挑拨，把时任宰相宋璟贬为睦州刺史。宋璟来到睦州后，即与第五个儿子宋恕一起，渡过富春江，到三都宋村（今翁村）宋氏家庙祭奠先祖宋兴，在苔溪之滨祭扫宋兴墓。宋璟对宋恕说，宋村是我们宋家的肇源之地，这里有家庙、祖坟。若我以后离开这里，你必须留下来，守住家庙和祖坟。

宋璟在睦州担任刺史后不久，于次年被唐玄宗重新起用，召回长安，继姚崇为相，以择人为务，随才授任，使百官各称其职，后人将他与姚崇并称贤相，称为“姚宋”。后又授开府仪同三司，晋爵广平郡公。死后追赠太尉，谥号“文贞”。宋璟离开睦州后，宋恕即留在了宋村，今翁村宋姓人氏大多是宋恕之后，其分布已极广，包括严州府城东门街上，都有宋氏后人居住。

明朝成化年间，宋兴之后宋澄从宋公府移居郡城（即严州）小东湖畔，在此建私家园林，小东湖即改称宋家湖。宋澄为人品德高尚，据传除夕之日，他在自家门外拾得他人遗失的百两黄金，便一直站在门口等候，直至将黄金如数归还给失主，遂成佳话。成化十三年（1477），宋澄考取举人，后任高淳（今江苏省高淳县）知县，在任上兴利除弊，深受百姓爱戴，62岁辞官回乡。终年96岁，葬郡城拱辰门外宋家坪。

宋澄后裔孙宋贤，明天启二年（1622）考取进士，任常熟县令，后升为监察御史。其时，严州每年需上贡绢帛，百姓负担很重，宋贤上疏请求改为官织官解，得到朝廷批准，严州乡民十分感恩。此后，宋贤相继任河南道、山西巡抚等职。后因病辞归，加赠兵部侍郎。崇祯年间还捐资三千金，在严州创建校士馆。76岁病逝，葬在郡城拱宸门外宋氏家族墓地。

而对于清朝的宋璠，严州人就更熟知了，其事迹前文已有详细介绍。宋璠以拔贡生的身份赴京城，其间寄居在刑部员外郎戴敦元家里，经戴敦元的推荐，成为江南苏松太兵备道龚丽正之子龚自珍的老师。嘉庆十五年（1810），已回故里的宋璠不幸染疾病逝。后龚自珍考取进士，授内阁中书、礼部主事，但对老师一向惦念，曾赋《水调歌头》词，撰《宋先生述》，以寄托哀思。道光五年（1825），知府聂镐敏修东湖坝、疏浚西湖，宋氏族人捐献小东湖。

上述对于宋氏家族的介绍，无疑能让人得悉宋家湖地名的由来。宋家湖历史文化底蕴之厚重，可见一斑。可惜后来，随着玉带河水系堵塞，20世纪中叶以后，宋家湖也渐遭淤塞。1984年，宋家湖被填平，上面建起了梅城农贸市场，此湖从人们的视线中彻底消失。直至梅城镇小城镇建设和严州古城恢复工程全面展开，宋家湖才迎来“重见天日”的机会。2019年初，梅城农贸市场被拆除，宋家湖按原貌挖掘，碧水似镜、小桥流水、亭台楼阁、绿树成荫的风貌重现在人们面前。

与宋家湖相类似，玉带河上的江家塘，同样“来头不小”。

江家塘位于严州古城的城西，太平桥往西，蔡家塘之东，靠近西湖。江家塘地名的来历，同样与一位名人有关，他就是北宋时期的铁面御史江公望。江公望出生在三都江村，后迁入严州府城。

江公望敢于上谏，蔑视权贵，自然在宫中结下不少仇怨，奸臣蔡京对他十分痛恨。蔡京当上相国后，诬陷江公望与元祐党有牵连，便把他编管于南安军，交地方官监管，剥夺他自由行动的权利。直至南宋，高宗赵构即位后大赦天下，江公望才从江西回到严州，居住在西门直街的仁里坊。这条低矮狭窄的仁里坊，后来就被乡民唤为江家弄。江公望的住宅后面有个池塘，他常坐在池塘边上垂钓，后人称为江家塘。

◇改造后的玉带河（杨萧摄）

据老年人介绍，直至新中国成立之初，江家塘的水一直是干净的，还能作为玉带河的一部分，连接东西两湖，可通舟楫。然而在20世纪中叶以后，江家塘也渐渐淤塞了，即便所谓的塘还在，却已是一潭死水。塘里杂草丛生，草底下长年有积水，已是排泄污水、堆放垃圾之地，滋生蚊蝇，居民和行人避之不及。

“睦州江上水门西，荡桨扬帆各解携。”如今的江家塘重又恢复了数十年前的景致，水质清澈，波光粼粼，微风从湖面上吹来，拂在脸上还能感觉到一丝淡淡的馨香。与玉带河别的河段一样，江家塘的岸边还建起了临水建筑及景观带，集历史文化展示和生态景观休闲于一体的特色街区也在这附近出现，玉带河“一轴（玉带河）·两湖（东湖、西湖）·四区（潜龙湾区、玉带河区、水岸门区、长桥漾区）·多点”的景观布局正逐步形成。江家塘无疑比以前更靓了。

据了解，梅城镇结合小城镇建设和严州古城恢复工程，以“千年严州府，三江繁华驿”为主题，对严州古城内的东湖、西湖和玉带河水系进行了恢复和整治，仅此一项，投资就达4.59亿元，实现了玉带河与东湖、西湖、宋家湖、江家塘等古城内外六个水系的连通，水域总面积达到11.94万平方米，水体总容量达到50万方以上。由于古城水系综合治理工程的完美实施，梅城镇还摘得了2021年度的省级“美丽河湖”荣誉称号。

“沉睡半个世纪之久的玉带河重新恢复，沿岸的休闲旅游、文化景观、河湖管护等综合功能得以充分发挥，这为严州古城又增添了一处重要的文旅打卡新地标，也大大提高了当地居民的生活质量。”时任梅城镇党委委员程小波告诉笔者，宋家湖、江家塘区块原先可称是古城中心生活环境最不理想的区域，如今却成为生活环境最优美的地方，居民和游客对此纷纷点赞。同时，经过场地平整及新建停车场等风貌提升项目的建设，这里又成了众多民宿商家的投资宝地，既盘活了闲置用地，又激活了旅游业态，为严州古城带来越来越高的人气。

第四节　每座桥都有来历，这块僪石更有来头

包括玉带河上的“五桥”在内，古城里这么多座桥，每座桥的背后都有丰厚的历史故事，让你听不够。而在宋家湖开挖修复过程中意外发现的那块千年僪石，其神秘更让人觉出它不一般的来头。是碾子石，还是镇州之石？本是横着置放的，还是如塔般竖立的？一切都还是谜。

在这里，我们还必须花点笔墨，说一说严州古城里的桥，尤其是玉带河上的桥。没错，作为横贯严州古城的唯一河道，说尽玉带河上的桥，就等于是说完了古城内的桥。

作为严州古城内水系最重要的组成部分，呈东西向的玉带河连接了西湖与东湖。玉带河上的桥梁，从与西湖仅有水门之隔的蔡家塘开始，向东依次为后沥桥、二板桥、太平桥、三板桥、宁民桥，所谓玉带河“两湖五桥”，“五桥”便是这五座桥。

这五座桥来历不同，有着各自的故事，而它们的改造和恢复过程也值得一说。当然，与“五桥”相关的其他桥梁，也必须有个大致介绍。

后沥桥位于江家塘通往蔡家塘的渠道上，南宋景定《严州新定续志》等志书上即有对此桥的介绍。此桥也称作后历桥，严州人把“历”字叫成“陵”字，市民习惯称它为后陵桥，又有人音讹为后沥桥。

传说出生于严州府城的万福贵将军，就住在玉带河边后沥桥附近。年轻时的万福贵贪懒嗜赌，母亲去世后幡然醒悟。听说戚继光正在义乌

招兵，便前去应征。因其身材魁梧，遂被招入。万福贵跟随戚家军在浙江沿海多地与倭寇作战。在转战台州（今台州市临海市）时，偶遇倭寇偷袭，正在炮台旁的万福贵点燃了炮上的导火索，这一炮让倭寇死伤惨重。

听到炮声后的戚继光立即率兵冲出城外，将残余倭寇斩俘俱尽。开了头炮的万福贵作战有功，朝廷下旨敕封其为大将军。从此，严州府城万福贵家所在的那条弄堂，就被称为将军弄。

万福贵后来战死沙场。严州府城以前有个风俗，死在外地的人，灵堂不允许设在家里。家人只得在后沥桥头搭棚设灵堂，当地官员和百姓纷纷前来为他守灵，这后沥桥便又被唤作候灵桥。

后沥桥之东，便是二板桥了。二板桥又称江家桥，架设于江家塘之上。过桥往西走，可到蔡家塘，往北走弄堂，可以一直走到西门街。它由两块青石板铺成，宽一米五左右，长七八米，两根桥石估计有五六十吨重，当地人俗称它为二板桥。没错，在没有起重机的古时，这两根沉重的桥石究竟是怎么安装上去的，令人疑惑不解。二板桥两边是没有护栏的，好在它主要是供行人往来，桥面也不长，熟知此桥的当地人，行走还是安全的。玉带河淤塞后，桥下河水不再，桥体本身也几近湮没。这一次的小城镇建设和严州古城恢复工程，方才使二板桥重现风采。

再往东便是太平桥了，这可是一座值得细说，也极值得一游的古桥。太平桥位于严州古城正大街与玉带河交界处，如今的桥长约7米，略显拱形，无疑是重修的。

地处古城轴心的太平桥北连严州府衙，南通至澄清门，直至新安江，为古时勾连严州城南北的重要通衢。该桥始建于宋代，曾在元、明、清时多次修缮。南宋淳熙《严州图经》云：“伏龙桥在州南市中。”

此时桥名仍为伏龙，景定年间改名龙津桥。南宋景定《严州新定续志》载：“一在市心五圣楼下，曰龙津桥，旧名伏龙。”明万历《严州府志》载：“太平桥，在府治南正街，上有五圣楼。”由此可知，此桥至少在明万历年间已被唤作太平桥。

不过，在老一辈的记忆里，这太平桥名称的由来，还有另一个说法。太平天国年间，太平军占据严州府城的城南，却从不进入城北。此桥是城南城北的分界线（如今也是，如桥南为正大街，桥北就是府前街了），所以百姓们纷纷通过这座桥进入城北，躲避战乱，太平桥的名字由此而来。显然，这种说法完全是民间演绎的。

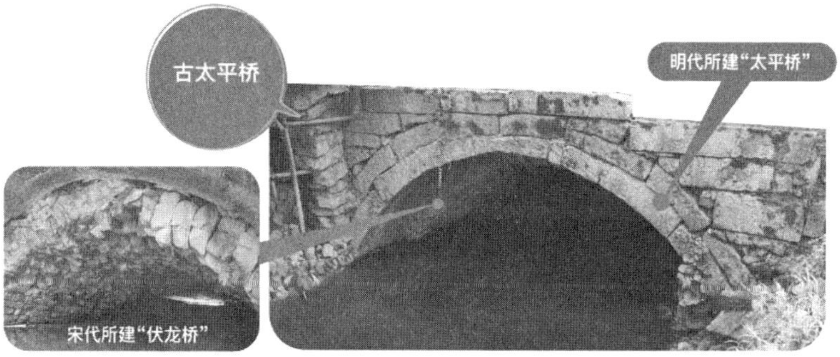

此桥为迭代交融的太平桥。内层为宋代所建伏龙桥，中层为明代所建太平桥，外层为为了保护宋、明古桥而建的盖板；这段水门为宋代所建，西水门为严州古城三大水门之一，目前考古发现50.86米长的宋代城墙遗址。

◇古太平桥变迁示意图（梅城镇政府提供）

年长者回忆，20世纪五六十年代的太平桥是高高的圆拱桥，桥面也是街面，是整个梅城镇的中心点，北连十字路巷口，南接正大街。桥的东侧是高家的文具店，西侧是吴家的百货店，人来人往，热闹非常。千年时光流逝，加之严州古城基底抬高，这个时候，那座更古老的宋代伏龙桥已被叠压在历史尘土之下，连当地的百姓都不知道此桥究竟是在什么时候湮没的。

从2018年八九月份开始，在实施古城恢复保护工程建设之前，杭州市文物考古研究所等单位开始对古城核心区域进行考古挖掘。按照历史学家的说法，每隔一百年，城市最多会“长高”20厘米，太平桥到如今已有千年，宋代的伏龙桥已经深埋在地下了。2019年，在对玉带河进行考古勘探时，考古工作者在地下1.2米深处，发现了长约7米的太平桥桥体。

“这段太平桥桥体发现时，是被叠压在明代和清末民初的太平桥桥体之下的，经文物部门鉴定，确认就是《严州图经》中记载的伏龙桥，为宋代古桥，文物价值非常高。可以说，太平桥的发现以实物例证，展示着古代严州街巷格局和水陆交通史。”时任梅城镇党委书记何瑞洪介绍说，利用这次古城恢复保护的契机，宋代伏龙桥桥体得以露出真容，重见天日，当是一桩幸事，但同时也使进行中的古城恢复保护工程面临新的课题。

“原来的设想是重新打通玉带河水系，让船只能沿着玉带河，穿过包括太平桥在内的各座桥的桥下，往来于东西两湖，恢复景观，但因为有了这座宋代的桥，加之水位抬升、桥体深埋，原来的设想就没法实现了。”何瑞洪介绍，经反复研究，最终的恢复方案是保持太平桥现状，同时从太平桥北开辟一条新的河道，让玉带河绕行，并在绕行河道上方加上盖板，仍然恢复为交通干道，“而在这座宋代的桥上，再铺上一层桥面，即建成一座新桥，供行人和车辆通行。较小的船，仍然可以在这座宋代桥梁下方穿行。”

显然，这个方案是所有方案中最好的。等到玉带河全线真正通航时，那条绕行河道将发挥神奇而巨大的作用。

三板桥在太平桥东侧，两桥相距仅百来米。三板桥古称舍人桥，由三块青石板铺成，桥面宽约两米，长六七米。三板桥的两边是有护栏的，也是用宽宽的石板砌成，非常牢固。过三板桥北走弄堂，可达总府后街。桥南则是胡亨茂老宅。

胡亨茂是晚清时期严州府城内有名的商号，产业在严州分布极广，包括制蜡、印书、制五加皮酒、经营南北杂货等，严州城内数量过半的商行都归他所有，有“胡半城”之称。

清光绪《建德县志》载：“胡述沛，字汉英，山阴胡书源从子也。书源掌教文渊书院，挈之来严贸易，遂家焉。”这段话说明胡述沛为胡亨茂一族始迁严州之祖，迁自绍兴东浦。乾隆年间，胡述沛来到严州后，在太平桥边开设了一家经营南北杂货的商铺“胡益茂”，因其“敦厚醇朴，人咸推重”，生意越来越好，店也越开越大，“胡益茂”遂改名为“胡广茂”。后世尊称其为“汉英公”。经几代人努力，在胡述沛重孙胡子亨手中，商号又发展成为“胡亨茂”。

在同治、光绪年间，虽多次遭受战乱，胡子亨仍竭尽全力，辛苦经营，生意渐隆，经营领域不断扩大。胡子亨过世之后，胡亨茂由其妻子顾氏全面管理，人称“顾老夫人”。抗战时期，胡亨茂不得不迁至乡下，仍苦苦经营，勉力支撑，同时对贫寒孤独施衣施食。抗战末期，终因人民困苦、市场萧条而衰败歇业。

2009年10月19日晚，位于三板桥南侧的胡亨茂百年旧宅突然浓烟四起，烈焰冲天。众人奋力施救，加之古宅的防火墙起了作用，这场大火仅烧毁了西边的300多平方米建筑。2020年8月起，这幢大宅的保护性重建工程动工，次年1月竣工。该旧宅现已辟为故居酒店。

字民桥是玉带河上最靠近东湖的一座桥了。“字民”二字出自《逸周书·本典》：“字民之道，礼乐所生。”古时，字民桥北有字民坊。明万历《严州府志》载：“字民坊在县治前，旧名申政坊，在严州城左厢建德县前，即今字民路建德林场原办公处大门前。宋咸淳中因《御制字民铭》，改今名。”由此可知，字民坊与宋度宗赵禥《御制字民铭》有关。

景定元年（1260）六月，宋理宗立赵禥为皇太子。五年后宋理宗驾崩，赵禥即位，年号咸淳。即位后不久就下旨颁布《御制字民铭》，即“莅事必公，拊民必惠。迩者有训，亦既切至。咨尔令长，守以勿坠。宣朕实意，斯为恺悌”。

咸淳三年（1267），余植以奉议郎出知建德府建德县。咸淳六年（1270）九月，余植把度宗的《御制字民铭》镌刻成石碑，竖在建德县衙大门前，并将县衙前的申政坊改名为字民坊。直至民国废府制之前，建德县治一直驻扎于字民坊。字民坊下的桥遂被称作字民桥。从县衙到福运门这条小街称为字民路，后人讹称为市民路。

据年长者回忆，20世纪50年代前后的字民桥，虽然整座桥并不高，但桥面还是蛮宽的，可以说是玉带河上最宽的桥之一，也是福运门至建德旧县衙的必经之路。字民桥之西的玉带河稍显宽阔，俗称小东湖，即宋家湖。

由于玉带湖几近湮没，宋家湖区域成为梅城农贸市场所在地，字民桥及字民路两边均建起了大量民居，昔日的风貌荡然无存。借助这一次小城镇建设和严州古城恢复工程，梅城农贸市场和大量杂乱的民居被拆除，宋家湖按原貌重新挖掘，玉带河沿线均由石块或石板砌筑驳岸，字民桥和市民路旧貌重现，且比以往更显宽阔。

除了上述现存的玉带河“五桥”，还有几座并不在玉带河沿线，或业已消失的古城桥梁，也该在此作些介绍。

据传，昔时在建德县衙前还有一座县治桥，是明万历十一年（1583），由时任建德县令俞汝为主持建造。桥面由四块青石拼成，所以此桥又被称为四板桥。值得一提的是，这座桥还有一个古怪的名字“落魂桥”。因为当年犯了死罪的人，行刑前要绑赴大堂，经县太爷验明正身、朱砂笔点名之后，才会推出县衙问斩。事实上，那些将要被处死的人，连拖带拉过县治桥时，已是魂飞魄散，“落魂桥”由此得名。

新中国成立后，建德旧县衙这块地方改建为建德林场办公处。20世纪50年代初，建德林场扩建办公处前道路，县治桥和桥前的汉富春坊一起遭拆毁。

东湖上以前还有一座桥，称为青云桥。清道光《建德县志》载：“青云桥，在县学前，跨凌东湖。明隆庆元年建，今圮。有碑亭在湖南，亦圮，唯存遗址。”青云桥北端为建德县孔庙（今址为建德市第二人民医院），南端以东为望云门，南宋改称朝京门，元末明初改为兴仁门。

据说以前从严州府城前往寿昌、淳安、遂安等县，水路是最便捷的，但纤夫必须沿着新安江纤道弓背而行。新安江纤道经过严州府城时没有建桥，纤夫来到这里，都得赤脚涉水过庵口溪。倘若遇到山洪暴发，溪水高涨，就没法过溪了。明万历三十八年（1610），严州知府吕昌期把历年积累下来的俸银捐出来建桥，事迹极为感人。后人为了纪念他，把这座桥命名为吕公桥。因其在府城和玉带河之西，也算是玉带河水系上最靠西的一座桥吧。

在严州府城南门外的新安江上，宋时，还曾出现过木质的浮桥。最早见于记载的，是建于北宋治平三年（1066）的睦州浮桥，吴越武肃王钱镠六世孙、池州知府钱勰为之作记。政和四年（1114）重建，邑人江公望把它命名为政平桥，并为之作记。绍兴七年（1137），知州胡寅重修此桥，改名永通桥，明时尚存。

接下来，就该说说在玉带河宋家湖开挖修复过程中，意外发现的那块千年偏石了。

严州文化研究会会长陈利群不仅是这块偏石发现过程的亲历者，还参与了对它历史人文价值的鉴定，他的回忆和讲述无疑有着权威性。

2020年10月4日，玉带河宋家湖开挖修复施工现场，挖掘机挖出了一块圆柱状巨石。经反复观察，初步认为是唐代的碾子石，即当年筑城时用来夯土的碾子，距今有1000多年的历史。

陈利群于第二天赶到施工现场，反复察看这块碾子模样的巨石。此石呈圆柱状，赭红色，直径95厘米，长222厘米，两端有长20厘米、直径30厘米的轴心状石芯，似突出的榫头，重量在4000公斤左右。由于久埋水底，石头周身布满了包浆，实在看不出有什么名堂。因为巨石两端有榫头，在场者推测，这是古代建造睦州古城时用来夯土的碾子，没有太大的文物价值。施工方甚至提出将其当作砌磡石料，就地埋入玉带河的护岸。陈利群坚持认为在没有请专业人士鉴定之前，仍应现场保护。以后若要找地方陈列摆放，可置入朝京门外的瓮城里，作为物证，让后人认识一下千年古石，也是有意义的。陈利群的这一建议得到了有关领导和梅城镇负责人的支持。

当年初冬，因施工需要，这块巨石被迁放至距发掘原址500米之外的西湖驿站旁，与已经发掘出的牌坊石构件堆放在一起。

2021年1月8日上午，为了让专家帮助修复一张石供桌，陈利群和同事在西湖驿站旁的旧石构件堆放场寻找选择石构件。他又看见了这块赭红色巨型碾子石，而在明亮的光线下，发现上面竟然有着清晰的文字，遂与众人一起辨认，很快辨认出其中的八个字。显然，这不是一块普通的碾子石，其来头不凡，值得予以深入考究。

次日上午，梅城镇文史专家李恒专门邀请了另一位文史专家戴文旭前来拓片。拓片出来之后，展现在人们面前的文字是："伟哉碣石，作镇此州。显晦以时，灾祥寔由。消殄巨蠹，制服貔虎。桑麻遍野，谷麦盈坵。千亿万年，世沐洪庥。”这段文字的大意是：神奇而岿巍的儡石，是本州的镇州之石。在或明或暗之时，它能预知天气的变化和自然灾害的发生，能够制服危害百姓的豺狼虎豹，又能灭绝奸佞巨寇和病虫灾害。有它的护佑，本州地方就会桑麻遍野，五谷丰登；有它的庇佑，千亿万亿年，本州百姓都能沐浴和享受祥瑞之光的庇佑。

对于在场的文史专家来说，这段文字实在太熟悉了，《钦定古今图书集成》方舆汇编中，就有这一段文字。

《钦定古今图书集成》是与《永乐大典》《四库全书》并驾齐驱的中国古代三大资料渊薮之一，不仅是我国现存规模最大、体例最完整的一部古代类书，也是我国铜活字印刷史上卷帙浩繁、印制精美的代表作。《钦定古今图书集成》编纂开始于康熙四十年（1701），印制完成于雍正六年（1728）。康熙钦赐书名，雍正御笔题序。

这块赭红色巨石上铭有这段文字，已经无可争议地确认，它就是失踪几百年的古城之镇石——严州儡石！

陈利群介绍，礧石为巨石之意。从铭文的含义理解，礧石不光巨大，还会有神灵在石身上闪现，如傀儡戏中的影子画面一样。如宗教神灵法器一般，让人顶礼膜拜。因此，后人就将唐代使用的“礧石”和明代使用的“磊石”，改名为“儡石”。儡石铭文既记载了严州儡石能驱邪避凶、遇难呈祥、赏善罚恶之神奇，又记载了它能庇佑百姓安宁、风调雨顺、五谷丰登的盛世景象，实为世所罕有的神奇之石。

尽管有关严州儡石最早的已知记录来自明万历《严州府志》，这个节点距唐代已有四五百年，中间留下很长一段历史的空白，但陈利群认为，从发掘出来的儡石外观形象和色彩来看，它与唐代睦州古城墙遗址所用石料的材质是一致的。可以推断，严州儡石最迟出自唐代中期是有可能的，与睦州筑城的历史也存在一定的相关性，距今有1200年左右的历史。

万历《严州府志·经略志》记载，万历四年（1576），严州府同知（明清时，同知为知府的副职，正五品）林炃在建北二峰真武庙时，得一石，有“群贤峰”三字。临建之日，四鹤呈祥。曾任礼部尚书的会稽（今绍兴市）人罗万化撰文记载此事，并加以颂扬。罗万化的文字中，载明严州偏石是竖立的，如塔之状，即当年的偏石是如佛教中的法器转经筒一般，竖着看才是正确的。

李恒则认为，偏石本无铭文，明万历年间，严州大面积河道清淤时，发现了偏石，时人觉得此为祥物，可作州镇，故令人在偏石上镌刻了此段铭文，以祈州人安泰。此次偏石重现，实为严州文物重大发现。

《钦定古今图书集成》在记载严州偏石铭文时，曾有“偏石，石在偏石巷”之句。严州古城内旧有偏石巷，古偏石巷位于今天巷口往东至字民路口，即总府街的其中一段，老梅城人俗称巷口。偏石巷东即清总兵府，偏石巷口原为清邮局。

偏石巷地名的存在，无疑也印证了严州偏石的存在，只是偏石已神秘失踪数百年，大多数人已将其淡忘。在这次小城镇建设和严州古城恢复工程中，严州偏石这一祥物神奇地重现，让人们喜出望外。有关部门对偏石也极为重视，2021年1月11日，也就是偏石发现被确认的第三天，时任建德市人大常委会主任、梅城美丽城镇建设现场总指挥叶万生主持召开严州偏石保护工程设计专题会议，就碑亭设计方案选择进行会商。严州偏石原址保护工程就此有序展开。

如今，在发现严州偏石的玉带河宋家湖岸边，已建起一座专门展示偏石的偏石亭，这块神奇的赭红色巨石得以原址保护，被竖立陈放在玻璃罩内，展示给居民和游客，展现着严州古城深厚的历史文化底蕴。

然而，严州偏石从唐代诞生到今天，时间跨度很大，即便记载见于

◇宋家湖畔偪石亭（梅城镇政府提供）

很多历史文献典籍，仍存在许多谜底需要继续去揭开。按照陈利群的介绍，以下六个方面为未解之谜：

一是严州傴石诞生的年代，是初唐睦州州治迁移之际，还是中晚唐陈晟筑睦州城墙之时？二是现在发现的严州傴石上，除了已可辨认的铭文之外，还有没有其他文字存在？三是现存严州傴石的包浆里，会不会有傀儡戏中的人影形象存在？四是依据严州傴石铭文记载，该傴石能预测吉凶和年成丰收，这个带有封建迷信色彩的记录，是怎样产生的？五是傴石巷究竟是一条街还是一条巷，历史上有没有一条直通水湄的傴石巷存在？六是会稽罗万化记载的真武庙的傴石，是不是就是我们今天看到的神奇之石？

第五章

尽情打开五官，体味古城之美

第一节 沿正大街移步换景，一路繁盛

正大街以及南大街、府前街连成一线，是严州古城的中轴线。它与相邻的三星街、东门街、西门街、总府街、宇民路等一起，组成了严州古城历史街区的精华。改造后的这一片坊巷基本还原了古城风貌，为古城保护恢复工程的成功之作。

严州古城内的街、巷、坊等历史建筑的保护、恢复和改造，绝对是一件必须慎之又慎的事。

众所周知，严州古城作为钱塘江流域一座具有深厚历史文化底蕴的名城，其独特的山水空间环境和州县双治，内外双城的格局也是较为罕见的。古城分布着大量文物古迹和历史建筑，尤其是保存至今需要恢复的街道、坊巷、牌坊和城楼，处处体现着严州历史文化的精华。然而，千年历史积淀也给严州古城的发展带来了难题，在恢复、保护、改造过程中，如何既保护好古城原有的历史风貌，包括建筑形态、街巷体系、建筑细部等具有地方特色的要素，又充分体现地域文化的当代魅力，实在是个重要而迫切的实践性课题。

严州古城南大街、正大街、府前街（这三条道路自南向北，连成一

线，为严州古城的中轴线）等街道及附近坊巷的成功改造，已经很好地回答了这一课题。

严州古城建筑以黛瓦、粉墙、马头墙为表型特征，以砖雕、木雕、石雕为装饰特色，以高宅、深井、大厅为居家特点，具有浓郁徽派和浙西交融的特色建筑风格，整体上塑造出了古朴典雅、潇洒超然的建筑意境。其整体造型风格、天井空间尺度接近徽州民居，呈现出布局紧凑、天井高狭、造型封闭的民居风格。

最能体现传统建筑风貌的区域，主要就分布在严州古城内部，沿正大街、南大街、府前街两侧展开。确保此区域内的格局、建筑及街巷等的风貌不受破坏，应以维修、整改、修复及内部更新为主。允许新建，但应以形成有传统地方特色的街区风貌为原则。

正大街为严州古城核心区最主要的街道之一，堪称严州府城中心大街，店铺云集，商贸发达，游人如织。正大街自太平桥思范坊南下，到南周庙建德坊止，俗呼“半道红”，史志中也称呼它为“半道衖”（衖，沟壑之意），可见它的形成与溪沟有关。

严州府城倚山临水，依势筑城，尤其是北面的乌龙山，每逢春霖秋涨，就会有大量山水直泻而下，山洪穿城而过。昔时，今太平桥一带地势低下，每当涨水时，这里就成为泄水衖沟。明万历十六年（1588），由严州府同知危以平主持，集中民力开凿南沟，让半道横流之水循渠入江，水患从此平息。到了清康熙二十一年（1682），山水倾泻而下，暴雨成灾，半道衖街路淤塞，居民遭难。郡人、山西道监察御史蒋鸣梧，竭力向朝廷请求免除严州捐贡，他自己则捐出粮米千余石，赈济灾民，同时又购置青石板，砌铺自澄清门到州府前的这条通城大街，使之平坦如砥，居民和旅人对此都竖起大拇指。

南大街北首始于南周庙十字街口（今建德侯坊之南，南大街与三星街、东门街交叉口），往南止于澄清门，全长也不过两百步，但因地近码头，街道两侧密匝排列着各式店铺。这些店铺的店面或许并不大，仅一两间而已，可店面后往往延伸着仓库、宿舍等，有三四进、七八进甚至更多进。年长者介绍，昔时，南大街主要经营粮油茶酒、土产百货及船民的生产、生活用品。街道中部有两家药店，西侧是济生堂，东侧则是永生堂。

在此插入一则旧时逸闻，永生堂药店老板名叫诸葛瑞生，为人谨慎，乐善好施。新安江上的艄公、渔夫，不少属于贫弱孤寒，很多人避而远之，但诸葛老板却经常施药舍钱，主动照顾他们。1949年新中国

◇严州古城正大街夜景（梅城镇政府提供）

成立前夕，严州城里有富户惶惶不安，准备迁居外地，可能觉得诸葛老板为人可靠，走之前便把装满各类物资的七只大箱子暗藏在永生堂药店的楼上。此后，那富户举家远遁，弃资财不顾，再无音信。但不贪财的诸葛老板却在1951年，把这些大箱子悉数上交国家。

这则颇为暖心的故事，既展现出严州商贾的爱人之心和公德之心，也洋溢着当年这条大街浓郁的商业气息，颇为生动，令人难忘。

没错，在严州古城东西两区十二纵十三横的街衢格局，大大小小86条街巷里弄中，赫赫有名的正大街及南大街，其历史并不是最悠久的，约莫只有330年，但因其不可替代的中心位置，以及北接府前、直通澄清门的地理优势，很快成为府城内不可或缺的繁华大街。凡是来到严州的四方宾客，从澄清门外下船，即进入南大街，接着就来到正大街这条最繁华的街上，所以又有严州古城“脸面”之称。

东门街从南周庙前十字路口起，东行止于兴仁门（东门），长约1.5公里。街道上一路牌坊，完全是一条历史文化长廊。

西门街古称西门直街，出大西门（和义门）至庵口，往西南可达寿昌、淳安等地，往北翻越乌龙岭，可远达桐庐、富阳、杭州等地。西门街在严州古城内的街区，向来商贸发达，古迹不少。

北门街初名福善坊。《严州图经》云：“福善坊在左厢，子城东，直嘉觊门，今创名。”嘉觊，为州城之北门。清雍正六年（1728）推行“顺庄法”（清廷推行的人居田亩的管理办法），其间，这一带有福善庄、仓前庄，两庄之间的巷道都在州城之北，俗称北门街，后遂为正名。

今三星街旧名为庙弄，是古南周庙南墙外的弄堂。东起今建德侯坊，过后沥路，折向西南至南城墙脚邢衙党，此段即为原三星街。三星街为古城内重要街巷，亦为旧城改造后严州古城内的重要道路。三星街上颇多古迹，严州大清邮局旧址、辑睦坊、招商财神祠（古财神祠）、汪氏旧居以及千鹤嫂创业街都在这条小街上。

汪氏旧居位于三星街29、31号，为二层传统木结构、双轴线多合院组合建筑，坐南朝北，占地面积536平方米。东轴线为二进二院，前照墙居中设砖砌门头石库门；西轴线为三进四院，前照墙居中设石库门。此宅原为严州汪氏所有，汪氏为严州大姓，一支迁自淳安，一支迁自安徽安庆。20世纪50年代土改后，汪氏旧居的部分宅院分给杨姓等十余民众居住。汪氏旧居东侧曾建有汪氏粮仓，抗战时期及解放军进城后，汪家开仓赈济，协助军队。如今，汪氏旧居已改造成高档民宿。

三星街上还有一处杭州活态馆梅城分馆，在这里可以体验古法造纸、制作油纸伞，场馆还引进了具有严州地方特色的手工艺，比如梅城杆秤、澄清门版画等。在这里，游客可以静下心来，沉浸在民间手工艺的世界里，体验严州非物质文化遗产之妙。当然，活态馆是在实施严州古城恢复工程时建成的。

总府街、总府后街为两条东西向平行的街巷，总府街因位于严州总兵府中心而得名，全长约1.5公里，西至府前街，东至建安山麓孔庙。总府后街位于总府街之北，西至府前街三元坊，东至水门路。这两条街巷几乎与昔日城垣落成同步形成，存续于漫长的岁月中，格局及走向并无大变。

然而，在这一轮小城镇建设和严州古城恢复工程之前，由于历史和现实的原因，梅城镇城市基础设施建设欠账较多，正大街、南大街、府前街、三星街、东门街等古城内主要街道及两侧的建筑设施及景观，可以说是很不如人意。

“用‘一步一历史、一物一故事’这十个字，来描述正大街等古城内主要街区的文化底蕴，同样是合适的。这些街区虽是梅城镇的主要商业街区，但在近几十年来，一直缺乏完整、科学、合理的规划，随意性较大，管理也没有跟上，普遍存在建筑品质低下、基础设施不足、环境质量不佳、商贸活力衰退等现状，拥挤的街区、密密麻麻的房子，住宅与厂房混杂，以及不少违章建筑成为街道景观，脏、乱、差现象也一直没有绝迹，还面临着防灾隐患等问题。”时任梅城镇党委书记何瑞洪介绍，针对群众合理诉求，也结合这次小城镇建设和严州古城恢复工程的要求，恢复和提升正大街、南大街、府前街等中心街道景观，改造基础设施，便顺理成章地被列入主要项目。

为了让正大街、南大街等街区的景观恢复，在修旧如旧的基础上再融入现代元素，提高品位，最大限度地释放出严州文化独有的魅力，规划设计和建设部门用足了心思，从整体风貌入手，在细节上做文章，强化历史建筑的文化风味，对整条大街的每幢楼宅、每个设施都进行了精雕细琢，确保恢复改造工程质量。

北京大学考古文博学院、杭州市文物考古研究所等专业机构，受邀对包括正大街、南大街在内的古城核心区1.6万平方米的建筑和遗址等，进行了多轮历史文化遗产考古工作，发掘出了大批文物，并描摹出严州古城街道坊巷的昔时风貌。

同济大学规划团队制订了周详的严州古城保护和修复方案，对包括正大街、南大街在内的重要街巷提出了具体的保护修复实施方案。运河严州综保公司等建设单位则精益求精地落实各个项目的建设，尽最大可能不留遗憾。

规划设计和施工过程中，在街道空间尺度控制方面，街道宽度仍保持在4米至6米之间，正大街、南大街、府前街等街巷（包括三星街、东门街、西门街、总府街、字民路、总府后街、北门街等历史街区）一般不改变原有的街巷空间尺度和走向，不仅保持昔时风貌，还凸现步行街特点，让居民和游人在变化丰富的街道上舒适安逸地行走。

◇韵味浓郁的古牌坊吸引了众多游人（梅城镇政府提供）

街道及坊巷两侧尽可能采用仿徽派建筑坡屋顶形式。青瓦、白墙、木构装饰、马头墙、天井式组合等作为这些街区建筑的基本样式，建筑色彩采用白、灰色为主色调，木色次之，红、米黄为辅色调。建筑物大多数底层采用木结构，并在上部窗间墙用传统建筑材料隔水板等，以强化传统建筑意味。街巷两侧应以多重业态形式的传统商业为主，尽量少使用十分现代的建筑材料，如金属、玻璃幕墙等。门前多做退让处理，形成有效的过渡空间，将游人的视线引入庭院内部，增加街道的趣味性和行人的参与性。

街巷地面铺装材料宜为质感粗朴、色彩沉稳的材料，宜选用块石（石板）、砖、碎石等，以条石为主，避免出现瓷砖、玻璃等现代铺装材料，并尽可能使用浙西地区的传统材料和铺装方式。

街巷景观控制依据街巷功能不同，包括绿化和照明、交叉口、店招、景观小品设计等，仍应符合清末民初的风格。街灯、交通标志、路牌、消防栓、垃圾箱、停车场指示牌等街巷家具设施，同样要与整个区域范围内的风貌环境相协调，避免相互干扰，以破坏古城风貌与环境。

包括正大街、南大街在内的严州古城核心区内，有着大量的清末民初老建筑。对于这些宝贵的建筑物，必须倍加保护。因各种原因被拆毁、破坏的老建筑，在可能的情况下应予恢复。

正是因为在建设和改造过程中，始终以“山水人文一体化”为理念，大力推动古城拆改重塑，做到保持古城街巷肌理的相对完整，努力将严州古城打造为原汁原味的州府博物馆，严州古城核心区的恢复、保护和改造效果不俗。街区完整地保存了南宋州府街巷肌理，富含深厚的文化底蕴和浓郁的商业氛围，是融合文化、文创、康养、旅居等功能的综合性步行街。

2022年11月，在浙江省2021年度无违建创先争优示范名单上，梅城镇严州古城老街区拆改项目被评为年度十佳拆改示范典型，名列拆改项目综合成绩第一。正大街、南大街、府前街、三星街、东门街等五条历史街区的恢复保护工作得到了充分肯定，其中正大街还获评浙江省特色商贸步行街。

2022年5月6日，浙江省文化广电和旅游厅公布了《浙江省省级旅游休闲街区培育名单》，由正大街、南大街、府前街、东门街、三星街以及沿河玉带河风情街构成的严州古城步行街榜上有名。

第二节　吃不尽严州美食，逛不够古城街巷

麻糍、烤饼、油煎粿、豆腐包、严州酥饼、臭豆腐饺、肉圆、玉米粿、手工面、咸汤圆……除了各类地方美食店铺，还有现磨咖啡店、美

食综合体、文化主题民宿、时尚酒店。在严州古城游玩，身心得到满足，还会惊喜连连。

介绍完严州古城核心区各条步行街以及子城等恢复旧观的情况，在此请允许笔者重点介绍经营严州地方美食和特色产品的店铺。不仅要恢复古街，更要恢复古街的商贸、人居、风情、文化，如是，古城才真正拥有灵魂。

还不到早上7点，正大街与东门街的交叉口，严州烤饼店的老板胡武华，就把第一炉的烤饼从烤炉里拿了出来，顿时香味四溢，引得不少顾客围拢来购买。胡武华告诉笔者，他们家的严州烤饼，从他爷爷那一辈就开始做了，一直持续到了现在，可以说是祖传的。

“严州烤饼的特色之一，是它的馅是葱肉的，所以烤出来后特别香。它里面又有汤汁，与缙云烧饼不一样。它是梅城镇最有特色的小吃之一，渗透着严州文化。”胡武华说话时双手一直未停。他擀好面皮，填进提前调配好的五花肉和葱花，收口捏拢，再压扁，擀平，刷上一层水，贴到炉壁上。等待两分钟，在烤炉200摄氏度的高温加持下，一张严州烤饼就出炉了。

胡武华说，尽管做烤饼是祖传的，但在正大街还没有恢复改造好之前，因为没有店铺场地，他只得每天推着小三轮车，在农贸市场外面卖饼。那时，他与母亲两个人一天卖出几百个饼已经算不错了。2019年之后，严州古城正大街等历史街区得到恢复保护，旅游业加快发展，这让他看到了商机。

“2019年7月这批商铺招商时，别家还在观望，而我没有犹豫，看中了古城老街人流量最大的、正大街与东门街交叉口的这两间商铺店面，直接与镇里签订合同，成为东门街改造后第一家入驻的商户。”胡武华说，这个街角的店铺建筑，是这一轮小城镇建设和严州古城恢复工程新建的，但极富古朴风貌，他特别喜欢。“小的烤饼一张三元，大的五元，靠的是薄利多销，卖的是祖传的手艺。现在，我姐姐在街的那边也开了一家烤饼店。”

不过，拍下这处商铺的头两个月，胡武华也曾担心得睡不着觉，生怕生意不好，成为赔本买卖，毕竟他把所有资金都投了进去。没想到，烤饼店开业后，生意一直出奇地好，一天卖个七八百、千把张是正常的，好的时候，一天的销售额在两三千元，甚至四千元。像国庆小长假等日子，一天就能卖万把元。不夸张地说，过一个国庆假期，就能把店铺一年的租金赚回来。

胡武华不无欣喜地说，因为生意兴隆，如今每天店里都要留上四名员工轮着忙活，从早上六七点，一直忙到晚上将近十二点，还有人跑来要买烤饼。而到了节假日，最忙的时候，店里的员工甚至达到二十多个，同时点旺三个饼炉才能满足源源不断的游客。不过，除了现场售卖，由于一些在外上班的当地居民也馋这一口，胡武华还经常通过快递，把一批批真空包装的烤饼寄出去。

“现在的我，收入已是以前的四五倍！有了这家烤饼店，我车也换了，房子也买了，生活质量越来越高，这是我以前绝对想不到的。一句话，我现在的这一切，都是依托严州古城旅游业的发展，都是古城的恢复改造带来的！”

南大街8号“莱莱咖啡”的店主钱敏是土生土长的梅城人，据她所说，还是新安江“九姓渔民”的后代，她的爷爷这一代，方才从漂泊于江上的船里，迁居到了岸上。她的家距“莱莱咖啡”只有十分钟步行距离，她也通过这次小城镇建设和严州古城恢复工程，住进了新房。

“我是学护理的。中专毕业后，我在梅城的建德市第二人民医院工

◇南大街上的“莱莱咖啡”店（梅城镇政府提供）

作了一段时间，但当时的梅城环境乱、卫生差、交通堵，比如说十字路口这个位置特别乱，自行车和行人混杂在一起，十分无序。我在杭州读了三年书，回到梅城后，这里仍然是这个样子。这冲淡了我在这里创业和居住的欲望，甚至觉得看不到未来，所以后来我离开了家乡，在杭州，后来又在海南打拼。”钱敏并不讳言自己对家乡曾有的疏离感，“但是，从2017年开始，也就是在古城恢复工程开始之后，我每次回到梅城，都觉得家乡在一点点变化，变得越来越漂亮了。而且这份变化是根本性的，不是小打小闹的，政府确实动了真格。这让我慢慢有了返乡创业的想法，回乡搞事业的信心也越来越足了。”

正大街、南大街、府前街等一条条仿古步行街建成了，钱敏发现，这时的梅城还没有咖啡店。她认为虽然这是一座古城，但时尚的东西也不能缺席，比如属于年轻人的店铺。平时的她喜欢喝咖啡，考虑再三，她决定开设一家有个性的咖啡店。“选址的时候，我觉得这间店面相对独立，还有一个凹进来的门头，有一点大隐隐于市的感觉，就敲定了这一间。政府给了不少优惠，免了九个月的房租。2020年国庆节，我的现磨咖啡店开了起来，取名为‘莱莱’，希望它能成为一条纽带，吸引年轻人来这里聚聚。”钱敏亲手把咖啡豆研磨成粉，让咖啡机萃取浓缩，打好奶泡与浓缩液融合，一杯香浓美味的现磨咖啡就完成了。

在这条古色古香的街道上，装修质朴而温馨、颇具当代文艺风的莱莱咖啡店极为惹眼，来严州古城旅游的人们，尤其是眼尖的年轻人，很容易发现它，跨进店门，来一杯咖啡，这是一件很爽的事情。“我比较喜欢喝燕麦拿铁，口感比较绵密，非常好喝，所以这两天我每天都来喝。”一位游客兴奋地说。另一位女游客一边喝着咖啡，一边开心地说：“我也是平时比较喜欢喝咖啡，出来旅游就是想找一家比较符合自己口味的咖啡馆。”

钱敏说，尽管有很多顾客是闻着咖啡香过来的，但地处前往严州古城旅游的必经之路上，繁华的南大街无疑为她争得了众多客源。“我初步统计，至少有60%左右的顾客是各地的游客。严州古城旅游业的繁荣，也给我这家小小的咖啡店注入了能量。虽然有新冠肺炎疫情的影响，但2022年成了我的第一个盈利年，这大大鼓励了我，觉得这份事业可以做下去。现在我还想在梅城推广专业的咖啡，还想着筹办第二家咖啡店。”钱敏自信满满地说。

麻糍是一种传统小吃，浙江、福建、江西等不少地方都有，但据说严州麻糍更有特色，看上去洁白如雪，吃起来光滑细腻，不粘牙糊口，尤其是“乌饭麻糍”“糯米麻糍”“芝麻麻糍”等，能让你“一吃难忘”。笔者到了严州古城，出了所住宿的呈心雅居水浒文化主题酒店，在正大街上往左一拐，就是一家严州麻糍店，店主非常热情，递到笔者手里的麻糍还都热乎乎的。在旁的建德市作家协会主席过承祁介绍说，严州麻糍一定要吃现做的，因为现做的麻糍在软糯中还带着一丝甜味，特别可口。过承祁还让笔者注意，这家店门口挂着的严州麻糍民间传说，其作者正是他本人。他无疑深谙严州麻糍之神妙。

在正大街和南大街，悬着严州麻糍店幌的商铺有好多家，南大街5号的“阿婆家麻糍”，看上去同样生意兴隆。店里除了制作销售各式麻糍以外，最有特色的还是树叶豆腐。树叶豆腐是一种凉粉，掺入了山上采摘的树叶所磨成的粉，既有一股传统的醇香，又似有一丝现代的抹茶味。女店主廖益慧告诉笔者，她的家乡建德市三都镇乌祥村，离这里有六七十里路。她从小就跟着母亲做传统小吃，家里人都喜欢吃，就觉得应该让更多的人享有这传统小吃。

“三都虽然是一个镇，但毕竟没有像梅城这样人气旺。古城的商铺还只是毛坯的时候，我就跑来看过，觉得恢复得这么好的古城，这么好的步行街，今后肯定能发展起来的，所以没等严州古城开街，我就入驻了。尽管疫情三年，生意没有预期的那么好，但因为我们做的小吃确实好，价格公道，回头客不少，知名度也上去了，还是在这步行街上立住了脚跟。”廖益慧说，如今古城的商贸环境越来越好了，来严州古城旅游的人很多，生意必定会越来越好。

“可以说，当地特色的美食小吃大多数我这里都有！除了各种麻糍和树叶豆腐，我这里还有纯手工的甜酒酿，还能配合端午、清明、中秋等时令，推出艾饺、粽子等美食小吃。到了11月，柏树叶凋零了，就没法做树叶豆腐了，要到第二年茶叶抽芽，树叶又长出来了，才能再做正宗的树叶豆腐。所以我劝那些老顾客，喜欢吃树叶豆腐，那就在‘五一’节之后来吧，因为‘五一’节以后做出来的树叶豆腐，不但颜色好，味道更是佳！……”聊起自己店里的各式特色美食小吃，廖益慧总会说个不停。

事实上，在如今的正大街、南大街直至府前街，以及与之相连的三星街、东门街、西门街、总府街、字民路、总府后街、北门街等步行街上，类似的严州地方美食小吃店着实不少。梅小垛建德豆腐包、不回笼建德豆腐包、徐阿公三都麻糍、杨氏糕点、春根火烧饼、娟姐杂粮煎饼、泮大娘严州干菜鸭、豆花娘、老牌坊食品小作坊、严州特产鱼丸篇、严州三十一道……面对数不过来的各式美食小吃店铺，你真会涌上“肚子实在不够大”的遗憾。的确，这里的每家店铺售卖的美食小吃都各有特色，哪怕同是麻糍、烤饼、油煎粿、豆腐包、严州酥饼、臭豆腐饺、肉圆、玉米粿、手工面、咸汤圆、干菜鸭、水晶糕、千层糕……吃起来也都各有风味。

说起被誉为“严陵第一包”的建德豆腐包，众人首先想起的，是薄薄的包子皮包住豆腐馅，一咬就有鲜美的汤汁涌进嘴里。西门街25号小武包子铺，这里的豆腐包更具特色：包子皮是浅浅的小麦色，极有韧性，能很好地包住水分充足的内馅，不让汤汁漏出来。豆腐馅也非常惊艳，豆腐柔软滑嫩，完全是不带任何添加剂的“乡村老豆腐”；而它微辣的汤汁总是那么恰到好处，鲜嫩的小葱又为豆腐馅和汤汁添了一丝清香……“建德豆腐包的原料确实很简单，只有面粉、豆腐、青葱和辣椒，它的秘诀在于用了新安江的水，在于严州人独特的手艺。新安江的水，常温只有17摄氏度，味道有点甜，别的地方是不可能有这个水的。而豆腐包手艺人的制作经验，又是千百年流传下来的，更是绝活。”小武包子铺的老板邵建武不无自信地说，有了这两“绝”，就能保证建德豆腐包的“与众不同”。因此，眼下“一天两千个打底”，到了节假日销量翻倍，一切都是妥妥的。

2023年5月，在当年度“味美浙江·百县千碗”名小吃（名点心）挑战赛中，建德豆腐包在“百县千碗十佳包子”中荣获第一名，是浙江包子类中的冠军。由此可知，这建德豆腐包的妙不可言，绝对不是“吹”的。

恢复改造后的严州古城，各条步行街的商贸业迅速繁华起来。严州古城管委会招商引资部部长朱璇欣喜地介绍，2020年7月严州古城恢复改造工程结束后不久，这些步行街上的店铺，大多数还有待出租，如东门街只有两三家餐饮小吃店。到了2021年4月，仅餐饮小吃店就已增加到14家，整条东门街的店铺几乎已全部招满。

2021年8月，投资700万元的“严州三十一道”美食综合体在梅城啤酒厂原址开办。另一家汇聚严州各种特色小吃的老字号餐饮“严州府”已于同年7月1日开出。与此同时，肯德基、星巴克和海底捞也陆续入驻古城。至2021年4月，整座古街核心区域百余家各式店铺，都已符合业态要求。至2022年6月，由正大街、南大街、府前街、东门街、三星街以及沿河玉带河风情街构成的严州古城步行街沿街覆盖店面商铺已达320家。

“本以为这次实施小城镇建设和严州古城恢复工程，梅城啤酒厂的老厂房就会拆掉，没想到不但保留了下来，还成了严州古城最热门的餐厅，成了网红打卡点，这实在让人想不到。”一名啤酒厂的老员工如是感叹。据了解，“严州三十一道”文创餐厅一开张就迅速走红，前来打卡的消费者络绎不绝，每天客流量都维持在2000人以上。

关于“严州三十一道”这一餐厅名称的由来，该餐厅的投资人之一张锦荣介绍，在中国，所谓三者，即天、地、人之象；十者，为过九之数，是全福之祥；而一者，则有返璞归真之意。三十一之数已经包罗万象，此乃大吉之数。定名为“严州三十一道”，意味着以该餐厅为代表的这一业态将如春花之勃发，必能引领严州传统美食文化蓬勃发展。事实确也如此，以文化复兴为引领，让古城“旺起来”在梅城早已形成共识，以文兴旅、以史兴城的文旅产业发展之路已在梅城走得越来越顺畅。尽管遭遇新冠疫情，但严州古城游客量不降反升，2020年旅游人数突破209万人次，同比增长68%。随着严州古城文旅产业的发展逐渐成熟，2021年、2022年两年的文旅经济发展各项数字更加令人欣喜。

2020年底，建德人吴国红与两个朋友一起，向严州古城管委会租下了位于正大街67号的1600平方米的房子，经过一番装修，开设了一家水浒主题的民宿，共有四十几个房间，于2021年10月前开张。问及开设这家民宿的原因和过程，吴国红说："这些年都在外面打拼，就想回家乡来做点事业。喜欢民宿，看好严州古城，我觉得开设一家主题民宿，对我来说是最适合的。"

吴国红对严州古城的历史尤感兴趣。开设这家主题民宿时，他把水浒文化融入其中，向旅客推介严州古城深厚的历史文化底蕴，民宿的名称最后定为呈心雅居水浒文化主题酒店。"筹办开业前的那段时间，只要我有一点点空，就研究严州的文化历史，就恶补水浒文化知识。"如今，来到这家民宿，抬眼望去，周围都是与水浒文化有关的装饰和物品，游客不沉浸其中也难。

南大街36号梅庄民宿的店长吴春红也是一个土生土长的梅城人。2019年前，她还在建德城区新安江的大酒店工作。而现在，她和妹妹都回到了严州古城。她们住在梅城镇的新城，上班则在古城。这几年严州古城的文旅业发展得太快了，每逢节假日，民宿甚至有供不应求之感。"古城复兴，让梅城更美了。做民宿这一行还是很有奔头的。梅庄民宿就在澄清门旁边，正对着新安江，地理位置优越，风光优美，所以生意一直不错。我们还盘划着扩大经营呢。"吴春红说。

的确，如今的严州古城，除了美食小吃生意兴隆，酒店、民宿业也处于加速扩容状态。2021年3月，玉带河江家塘区块民宿集群正式签

◇梅庄民宿的建筑颇具古风（梅城镇政府提供）

约，杭州晨悦酒店管理有限公司入驻，投资1.2亿元。据介绍，至2021年底，古城内主要的几条步行街、古城主街共引进了20多家民宿，整个梅城镇酒店民宿房间已超2000个。

不止美食小吃和酒店民宿业，严州古城内各个商贸业态均呈蓬勃之势，更具品质感的新业态、新项目也开始在此“生长”。正大街79号“望梅止渴”饮品店老板李建军，除了售卖各类饮品和美食，店铺里还摆放着诸多传统民俗老物件，他渴望把这家店铺打造成向游客展示严州传统文化的平台；根雕技艺传承人徐建根在古城设立了自己的根雕艺术馆；古镇居民张弛有了自己的小镇茶楼，非遗技艺传承馆陆续推出。在澄清门外沿江地段，那条曾经闻名遐迩的古严州黄浦街，被改造成古典园林风格的仿古街，如今已成为旅游类特色店铺云集之地，一家家古玩、书画、收藏、文创商铺，展示着严州地域特色旅游产品和文化产品，传承严州文化。

第三节 牌坊林立，背后的故事令人感慨

重建石牌坊是恢复严州古城风貌的最重要内容之一。1993年以来，尤其是在严州古城保护工程启动之后，修复、重建的古牌坊已达15座。林立的石牌坊把严州古城装饰成一座露天牌坊博物馆，如同一幅幅精美的画卷，让人目不暇接。

牌坊，也称“绰楔”或者“绅楔”，是中国传统纪念性建筑物之一。它是历史上为表彰功勋、科第、德政以及忠孝节义所立的建筑物。一些宫观寺庙也以牌坊作为山门，或用来标明地名。牌坊又名牌楼，为门洞式纪念性建筑物。牌坊也是祠堂的附属建筑物，昭示家族先人的高尚美德和丰功伟绩，兼有祭祖的功能。事实上，从含义上说，牌坊应该写成坊牌，即“坊”之“牌”。其中，“坊”是我国古时城市规划过程中，道路网络垂直交叉所划分而成的方格状居民居住单元。统治者为加强对坊内居民的管控，在坊与坊之间设置坊门，逐渐演化为牌坊。而绰楔与绅楔都与士大夫或达官贵人相关，这也从侧面反映出牌坊非一般之物，有旌表之意。

严州一地拥有如此众多的牌坊，是与它深厚而独特的文化积淀分不开的。严州文化的核心和最高境界，就体现在“建功立德”这四个字上。严州文化研究会会长陈利群认为，三国吴黄武四年（225），孙权析富春县新置建德县，作为建德侯孙韶的封地。孙权治下，吴国都城在建业，而他把培养道德基础的地方归至于建德。这充分体现了一代枭雄孙权为建德——建功立德的德文化的孕育和形成，发挥了不可替代的

作用。

深谙严州城池变迁的陈利群介绍，严州在历史上曾经以“一府双城”和“一府三城”格局而闻名，既有外城墙，又有内城墙，还有军事机构象征的遂安军门城。在宋代，严州内城曾经有两座子城。城内两条中轴线直抵州衙、县衙，由“三纵五横”八条主要街道串连成街巷纵横的格局，共有大街小巷80多条。

在这城内十几条大的街巷中，历史上曾巍然耸立着一座座石牌坊。严州文史专家朱睦卿在书中写道：“到清末为止，州城内共建有各种主题内容的牌坊有113座。”这是怎样的密度和体量？严州曾有“三步一店铺，十里一牌坊”之说，用“牌坊林立”来形容一点也不夸张。就以府衙中轴线上的府前街、正大街、南大街为例，在这条不足800米的主街及街口上，就有严陵郡治坊、承流坊、宣化坊、纯孝格天坊、奕世恩伦坊、三元坊、状元坊、善教坊、政惠坊、清时俊序坊、名高两浙坊、安泰坊、兴仁坊、辑睦坊、阜俗坊（富寿坊）、留梦坊、甘棠坊等共22座牌坊，加上后期修复和重建的思范坊、建德侯坊、汉富春治坊、理学名邦坊等，总计达到28座牌坊。

又如，在严州古城的南面、横贯东西的东门街上，有朝京坊、富春坊、校场坊、世登金榜坊、乔梓联芳坊、富寿坊、祖孙科甲坊、化明坊、尚书坊、都宪坊、九世同居坊、世柱史坊、贞节坊、文衡官鉴坊、太史坊、双凤鸣阳坊、世科坊、双豸坊、观光坊、刺史坊、大司空坊等共22座牌坊。在古城其他地方两纵四横的大小街面上，以及各主要建筑的大门口，还有70余座牌坊。这些牌坊把严州古城装饰成一座露天牌坊博物馆，如同一幅幅精美的画卷，让人目不暇接。

陈利群介绍，严州石牌坊的建筑材料，出自本地出产的严州青石。这种青石质地坚硬，质感柔和，易于雕琢，而且非常坚固，可以在江南

◇严州古城内的牌坊群（梅城镇政府提供）

烟雨风雪的侵蚀下千百年屹立不倒。不过分地说，严州青石算得上是江南有名的建筑石料。用这样的石料制作而成的石牌坊，应该是个千年工程、百世工程。

如前文所言，清末至民国年间，严州古城遭遇了数次战乱，古城面貌萧条衰败，包括石牌坊在内的大量文化遗存也遭毁弃。特别是太平天国时期的鏖战与兵燹，以及抗战时期日寇飞机的轰炸，使得石牌坊急遽减少，到1966年初，整座严州古城只剩下了十几座牌坊。1966年6月，在“破四旧”的运动中，石牌坊等大量古代遗留下来的建筑物被当作“封建遗孽”，被人力或机械摧毁后，运到东门街填埋，然后在上面修建了梅城影剧院，也有少部分残骸可能被运到大坝下填埋。至此，严州石牌坊已一座不剩。

20世纪70年代末，中国进入改革开放年代，严州古城迎来新生。经济建设和文化建设获得丰硕成果之时，尤其是在严州古城风貌逐步得到恢复之时，人们对于被毁坏的石牌坊越发怀念，要求重建石牌坊的呼声日益高涨。“古牌坊是梅城辨识度最高的历史文化遗产。它不仅是中华优秀传统文化的标志性符号，更是彰显那个时代的道德高地。严州古城不能没有石牌坊。”陈利群说。

重建石牌坊，不仅是广大严州人民群众的迫切心愿，也是党委、政府部门的正确决策。浙江省、杭州市和建德市的文化、旅游、建设、文物考古等部门，在重建石牌坊这一事项上的意见高度一致，并从各自工作职能出发，给予了充分支持。2010年11月，成立刚半年的严州文化研究会邀请平均年龄在80岁以上的“老梅城”召开座谈会，追寻古严州19座石牌坊的下落，这19座石牌坊都毁于20世纪中叶，其残骸被埋藏在原梅城影剧院地下。2018年，严州文化研究会还向建德市人民政府提交了专题报告，要求发掘整理埋藏在梅城影剧院地下的石牌坊，并对严州古牌坊予以全面重建，尽量恢复古严州的形貌。

实施小城镇建设和严州古城恢复工程之后，2018年8月起，运河严州综保公司联合杭州市园林文物局、杭州市文物考古研究所，对掩埋在原梅城影剧院地下的石牌坊进行了三个多月的发掘、整理，共出土牌坊及其他各种石构件3100多件，可明确为古牌坊部件的残件有1160组1233件，包括葫芦宝顶、屋面板、斗拱、基座、龙雕（鱼龙吻）、字匾等各类石牌坊构件碎片3100余件。随之，运河严州综保公司牵头编制了牌坊群重建研究、出土石料再利用研究方案，根据历史资料进行研究分析，找出原牌坊构件及可再利用的牌坊构件，进行归位利用。经过专家多轮讨论，确定了牌坊重建方案。

由于得到省、市领导的关心与重视，梅城的古牌坊修复工作进展空前顺利。至2022年4月，在这一轮小城镇建设和严州古城恢复工程推进过程中，严州古城内另外的13座石牌坊也得以修复和重建，至此，修复、重建的古牌坊已达15座。这还不包括完全新建的龙山书院坊、棂星门坊、东湖坊、宝华洲坊、乌龙山坊等仿古牌坊。

2019年6月，梅城石牌坊重建工程中实施的第一座牌坊辑睦坊修复完成。辑睦坊始位于后沥桥。南宋淳熙《严州图经》载："辑睦坊，旧名黄浦，在右厢市，今改。"自此"辑睦"一名沿用至今。旧坊毁于晚清太平军炮战，现重建于三星街东端原址。

"辑"的本义为车舆，意为"合力造车"。"辑睦"的意思就是希望君臣齐心、内外和睦、国泰民安。"辑睦"是宋代里坊名，也是清代十二庄里名，现三星街以南部分原为辑睦庄范围。

重建后的辑睦坊为两柱单间双层石牌坊，横跨三星街，坐西朝东，以福建莆田青石为主要建筑材料，所以牌坊整体呈青色。重建辑睦坊时，部分斗拱嵌入了严州古牌坊构件。用料讲究，构建气派。明间正面上额枋为仙鹤祥云图案，下额枋雕刻有双狮戏绣球图案，十分精美。坊眼匾额上题有“辑睦坊”三字，额枋下方的题字板上有篆书铭文，由严州古城书法家戴不庸先生题写。全文如下：

> 坊旧名黄浦，在原后历桥，宋淳熙中更名辑睦，明成化十五年知府朱暟重建。曩董弇修国经，喟然曰：“惟严为州，山水清绝，有高贤之遐躅，久以辑睦得名。”旧坊毁于清。今重建于三星街东端，以呈祯祥。

建德侯坊位于正大街，靠近府前街、水门路和东门街，地处严州古城的重要位置。今建德侯坊重建于1993年，建筑材料取自婺州一带的花岗石，为四柱三间五楼的歇山式建筑，檐顶下牌坊正面的龙凤碑上，镌刻着“敕封”两个大字，表明了此坊的“身份”。下面匾额上的“建德侯”三字，为著名书法家尹瘦石所题。在石雕“双龙戏珠”额枋下有如下铭文：“孙韶，字公礼，梅城人，善用兵，有将才，魏黄初二年孙权为吴王时，升迁扬威将军，封建德侯。”说明了立此牌坊的根据。

牌坊左右次间分明刻有松兰竹菊图案，明间下额枋雕刻有双狮戏绣球图案。四根立柱中，中间两根的柱根为两尊蹲狮，外侧两根的柱根则是两尊抱鼓石。建德侯坊背面匾额有由邵华泽题写的“建功立德”四字，其额枋下方则刻有铭文，上有“三国吴黄武四年析富春地置建德县”字样，记录了建德县建县的来历。背面雕刻有梅兰竹菊图案。整座牌坊高达12米，宽约8米，高大，雄伟，庄重。在严州古城各座石牌坊中，建德侯坊无疑是极重要的一座。

◇建德侯坊（梅城镇政府提供）

与建德侯坊不同，开国侯坊在严州古城各座石牌坊的重建过程中，是比较晚的一座。它重建于2020年。但与建德侯坊相同的是，它所表彰的也是一位开国侯——宋兴，以及他的后裔、唐代名相宋璟。

修复后的开国侯坊位于宋家湖南侧，为四柱三间冲天式建筑，高12米，宽11米。其正面和背面檐顶下的龙凤牌上，都题有“恩荣”二字，正面明间的匾额上，刻有“开国侯”三个大字。匾额下方的横梁上，有宋兴跃马横枪、率兵击败胡兵的雕刻，两侧的匾额上分别题有“开国东晋”“定鼎金陵”字样，下方各有宋兴率兵作战的雕刻。额枋下题字板上的铭文为：“西晋末五胡乱华时，建德宋氏讳兴者为冀州太守。因统兵护龙，定鼎金陵，开国东晋有功，被封开国侯。严陵宋氏自此肇始。庚子年重修宋府，特建此坊。”这段铭文高度概括了宋兴的生平和功绩。

宋兴，字允起，京兆鄠县（今陕西省户县北）人。西晋时为冀州刺史。晋怀帝永嘉四年（310），冀州失陷，宋兴忠于晋室，征战于中原地区。时闻司马睿传檄四方，乃率五千兵马渡江，南下勤王，共图恢复晋室。公元318年，愍帝被害消息传至，群臣劝进，司马睿乃即帝位于建业，是为晋元帝，保住了半壁江山。晋元帝以宋兴勤王有功，封其为开国侯，食邑在建德，造府第于公村（今建德市三都镇）。宋兴逝世后，帝赐祭葬，并敕建家庙于公村，墓葬在苔溪之滨。

◇开国侯坊（梅城镇政府提供）

宋璟为宋兴十四世孙，邢州南和（今河北省邢台市南和区）人。唐开元三年（715），被贬为睦州刺史。宋璟两度为相，为人耿介有大节，敢犯颜直谏，为政清廉，深得民心，人称“有脚阳春”，意为宋璟就像长了脚的春天，走到哪里，就会给哪里带来温暖。

这座开国侯坊的背面，即为表彰宋璟的内容。在牌坊背面明间的匾额上，刻有“大唐名相”四个大字，额枋下的题字板上有如下文字：

宋璟，字广平。祖籍建德，乃东晋开国侯宋兴之后裔。唐开元三年被贬睦州，有第一贤侯之誉。开元四年，宋璟进京为相，协助唐玄宗李隆基开创开元盛世，是为唐代四大名相之一。

而在匾额下的横梁上，有以宋璟任睦州刺史时率众兴修水利为内容的雕刻，两侧额枋上均有狮子浮雕，下方的匾额上，分别题有“当朝一品”“仪同三司”大字，次间左右匾额下的横梁上，分别有宋璟威风凛凛地站在战车上和在民间赈济灾民的雕刻，以展现宋璟的文治武功。

一座牌坊，以正背两面同时表彰一位开国侯和一位古代名相，显然是罕见的，但这两位相隔四五百年的人物，属同一族裔，将这两位人物以同一座牌坊的方式予以表彰，名正言顺。来到古城严州，不可不来瞻赏这座牌坊。

万历《严州府志》载：“三元坊，在府前街宣威桥上，旧即桥为名。正统十三年，知府黄澍以郡人商辂乡试、会试、廷试俱登首选，因以表之，而桥亦以名焉。”

商辂一生传奇，既是三元及第，又是三朝重臣，因此，在严州府治曾有三座纪念和表彰的石牌坊，分别是三元坊、大学士坊、三元行宫坊，位置在商辂的出生地，即过去的府吏舍址（今落元里）。三元坊最初于明正统十三年（1448），由时任严州知府黄澍主持所建，成为严州府城内最重要的科举功名坊之一。抗战期间牌坊遭日机轰炸，后于“文革”时期被毁。

2019年春，小城镇建设和严州古城恢复工程着手实施后，作为第一批列入重建名单的古牌坊，三元坊重建工程受到多方关注。重建后的三元坊采用了若干发掘和收集所得的老物件，包括一对狮子、四只斗拱、三块花板、两块两侧额枋，大部分匾额文字题词的书法，也都进行了复原。整座牌坊修旧如旧。

重建后的三元坊为四柱三间七楼歇山式建筑，高12米，宽11米，底座四块巨石重达数十吨，起到了承载整座牌坊的支撑作用。立柱与基座的连接处有四对造型憨厚的石狮子，既能作为立柱的辅助支撑，又使整座牌坊显得更加坚实而协调。明间正背面的额枋上均有双龙戏珠等浮雕，枋间上下梁上雕有瑞兽、飞禽、花卉图案，各檐口、鸱吻有神仙人物。飞檐翘角的脊背上有神兽排列。正面明间两根中柱上刻有乡耆罗嘉许先生撰写，并由本地书法家邓志春题书的楹联，上联是“令德遗坊锦绣河山怀一哲”，下联是“高名逾柱云章日月仰三元”。

三元坊正面明间下额枋的题字板上镌刻有旌表铭文，是对商辂一生功绩的评价，由本地乡贤蒋建忠所题写。正面明间上檐下的竖匾“龙凤牌”上镌刻有“御制”二字，表明了此牌坊属最高等级。

值得一提的是，此牌坊背面明间额枋的匾额上，题有“科甲第一”四字，由明代书法大家董其昌题写。而正面明间额枋匾额上的“三元坊”三字，为明代书法名家祝允明题写。下额枋题字板上“会元、状元、解元”六个笔力遒劲的大字，亦出自董其昌之手。三元坊极高的文史价值由此可知。

第四节　牌坊高耸，昭示人格应有的力量

无论是表彰范仲淹为人品德的思范坊，表明此地为“龙兴之州，潜藩之地”的汉富春治坊，还是展现“东南三贤”齐聚讲学等文化底蕴的理学名邦坊，座座牌坊正以巍然耸立的姿态，怀想着曾经展露的壮怀激

烈，诉说着历代文治德政者的不凡功绩，昭示着人格应有的力量。

接下来就该说一说严州古城最重要的牌坊之一思范坊，以及立于它周边的两座石牌坊了。

思范坊的所在地，今梅城人俗称十字街口、梅城牌楼，即南北向的府前街、正大街和东西向的西门街、总府街的汇合处，为严州古城的中心要道，也是正大街的北入口处，其位置的显要不言而喻。

◇思范坊（梅城镇政府提供）

仁宗景祐元年（1034），范仲淹因率群臣谏阻仁宗皇帝废郭皇后，被贬至睦州任职。他带病赴任，挈妇将雏，一家十口千里迢迢来到睦州。尽管范仲淹在睦州任职不足一年，却政绩卓著，如兴办了建德第一所也是中国历史上第一所州府官办的书院——龙山书院，疏浚西湖等。范仲淹非常钦佩严子陵，来到睦州后，他还主持兴建了严子陵祠堂，并亲自撰写《严先生祠堂记》，把严子陵的高风亮节表述得淋漓尽致。显然，他颂扬严子陵耿的介不屈、光明磊落，突出其道德风范是有目的的，旨在纠正当时官场阿谀逢迎、腐败钻营之弊。

与建德侯坊一样，思范坊重建于1993年。其原址为府治西北范亭山南面入口处，此次重建时移至正大街北入口处。整座牌坊为四柱三间五楼歇山式建筑。基座呈长方形，体量巨大，四根方形立柱与基座交接处的正背面各有一对抱鼓石狮子。额枋横梁呈冬瓜梁，正面明间的下额枋上雕刻双狮戏绣球图案，上额枋为龙象在野图，次间左右下额枋为云龙图案和麒麟图案，次间上额枋为升堂人物图案的观景图。明间的坊眼匾额上镌刻着中国当代戏剧家曹禺先生题写的“思范”两个大字，极为难得；檐顶下的龙凤牌上刻有“钦定”二字，体现其规格。正面明间下沿的题字板上，有铭文如下：

> 范仲淹，字希文，宋景祐中由右司谏秘阁校理知睦州，创龙山书院，建严子陵祠于钓台，作《严先生祠堂记》。

在思范坊背面明间的匾额上，还题有“先忧后乐”四字，为范仲淹名句“先天下之忧而忧，后天下之乐而乐”的精练表达，高度概括了范仲淹的人生精神追求。背面明间下额枋题字板上题有“思范坊，明嘉靖己未年建，圮于清末”一句，表明此坊的来历及遭遇。

与思范坊相距不远，十字路口东侧总府街入口处，有一座汉富春治坊。此坊原址在旧建德县治前的字民路北面，清光绪二十七年（1901）毁于洪灾。正面下额枋题字板上有本地青年才俊沈有良题书的铭文，清楚地载明了此坊的来历及意义所在：

旧名司牧坊，在县治前，明成化二年知县向正建。万历十一年，知县俞汝为改建为汉富春治坊。吴黄武四年，孙权析富春置建德县，富春实为建德故郡。自唐以降，建德向为郡邑之首。背依乌龙，面临鹊水，层峦叠嶂，交相辉映，实为一郡之形胜也。

由此铭文可知，在县治前建立此坊，以及后来的改建，其目的仍是记录建德县邑的来历，颂扬道德修为之风。

汉富春治坊正面明间左右两侧立柱额枋下面的题字板上，分别题有“吴越”“分野”，表明严州所处的地域方位。牌坊顶层小龛上的龙凤牌上镌刻有“御制”二字，显示了该坊的等级和身份。正面明间上端的额枋上，雕刻有一只元宝鼎。这只元宝鼎的来历，记载于淳熙《严州图经》，说是三国时期，某年新安江洪水泛滥，从江中冲出一只元宝鼎，是为吉兆，进贡吴王，遂在此置建德县。此鼎的来历无疑与建立此坊的目的有着密切的关联。

此坊背面明间额枋的匾额上，题有“龙兴之州”四字，表明宋太宗、高宗、度宗三位皇帝在未登基前都曾领过严州的地方官职务，因而严州被认为是“龙兴之州，潜藩之地”；下方有“严州星纪南斗，吴越分野，古为富春治所属地，素有越角吴根之称”一句，既说明了严州的地域方位，又说明此地襟三江、辖六县，具有“江浙锁钥”的重要历史地位。

宋孝宗乾道五年（1169），一代理学宗师张栻出任严州知州，时年36岁。就在三年前，张栻在岳麓书院主讲，名声大噪。而这一年的九月，理学大师吕祖谦出任严州儒学教授。张栻、吕祖谦与朱熹本为好友，遂于当年秋天邀朱熹前来严州讲学，由此成就了“东南三贤”齐聚严州的历史佳话。

毫无疑问，这次“东南三贤”一起讲学论道，辨析理学精微，有力地推动了严州理学的形成。严州理学厚积薄发，使严州在当时获得“小邹鲁”之誉。严陵学派也应运而生，它比湖湘学派、浙东学派、宁东学派形成的时间还要早，在宋明理学之间起到了承上启下的作用，对后世理学发展产生深远影响。而他们齐聚严州，也吸引了天下士子蜂拥而至，共同学习探讨理学与治世方略和理学与科考的方向。

“东南三贤”齐聚严州讲学，使得严州成为理学的重镇。张栻到严州不久，即迁走了挡在州学南面的旧尼庵，使州学大门改为南向，光大了学校的门楣，并与吕祖谦共同创办丽泽书院。张栻与吕祖谦相互配合，由吕祖谦着力整顿学校，制订学规，两位大学者把严州的州学办得风生水起，名声大振。吕祖谦在严州任职期间写成了《春秋讲义》这一理学名著，成为严州理学的开山之作。而朱熹后来又应吏部侍郎、理学家詹仪之之邀，前往詹的家乡严州遂安县瀛山书院讲学。就在瀛山书院讲学期间，某日与詹仪之交流，朱熹忽见瀛溪水潺潺流入方塘，心有感触，便提笔写下《观书有感》赠予詹仪之：“半亩方塘一鉴开，天光云影共徘徊。问渠那得清如许，为有源头活水来。”这首诗也成为阐释“格物致知”学说的颇有代表意义的哲理诗。

此后的宋淳熙十三年（1186），陆游任严州知州，也为严州理学的发展做了很多基础性的工作。宋嘉定十年（1217），朱熹的关门弟子陈淳来严州府学讲学，其《严陵讲义》是宋代理学史上的代表作，他的《二辩》形成于严州，是后世阳明心学的引领者。陈淳的《严陵讲义》是严陵学的重要组成部分，也是陈淳理学思想的代表作。宋绍定四年（1231），卫湜出任严州知府，在严州刻印了《礼记集说》，为新儒学和理学的发展，做了原典性的工作。

为了挖掘“东南三贤”严州讲学这段正史中容易为人忽略的故事，

为宋史和浙江文化史研究提供丰富内容，同时也提升严州的文化含量和品位，在本轮小城镇建设和严州古城恢复工程过程中，2019年秋，位于严州古城十字街口西面的理学名邦坊落成，成为古城内新建牌坊中具有标志意义的一座。

理学名邦坊为四柱三间五楼的冲天式建筑，正面明间的匾额上题有“理学名邦”四个大字，额枋下的题字板上有以下铭文：

南宋理学，辐辏于严陵。乾道间，张南轩栻、吕东莱祖谦同司职于严，常讨究于学官。时朱晦庵与南轩同宗伊洛，亦来严陵讲学，或以书相与探赜。证周氏之太极，研吴氏之知言，三流齐汇，一时光耀东南。其后继之以陈北溪、钱融堂、赵彦肃等，从三贤游而受教者甚众。理学之盛，足誉名邦。

檐下斗拱板上雕有“御制”牌，次间下额枋的题字板上刻有“伊洛”和“渊源”各二字，表明严陵理学上承“伊学”和“洛学”，下启“闽学”“婺学”和“湘学”，下方明间额枋雕刻有三贤研讨理学的图案。牌坊背面明间上额枋的匾额上，题有“三贤会聚”四字，下额枋的题字板上刻有“严陵理学，承伊洛之渊源，肇闽湘之先声。三贤会聚，继往开来，百年兴盛，足誉名邦”之句，下方明间额枋有三贤在学官传道讲学的雕刻。

值得一提的是，尽管理学名邦坊为新建牌坊，但嵌入了不少古牌坊的老构件，如斗拱、雀替、顶瓦等，牌坊正面和背面次间下额枋分别雕刻狮子和麒麟，也都是严州古牌坊的老物件，无疑大大增添了这座牌坊的古朴韵味。

廷长年担任谏官，被誉为“铁面谏官”。

重建后的里仁坊为四柱三间五楼歇山式建筑，高约12米，宽约10米。正面明间檐下龙凤牌上题有“御制”二字，下方匾额题有“里仁坊”三字，下额枋的题字板上有如下铭文，说明了“里仁”的来历，载明了江公望的生平和业绩：

> 旧名仁里，为宋江公望晚年退隐所居，因改名里仁。公望，字民表，建德人。熙宁六年进士，受司马光举荐，任左司谏二十余年，秉公直谏，颇得朝廷倚重。己亥秋恢复牌坊祀之，足供式善。

牌坊正面左右两侧下方额枋字板上，写有“谏疏”“流光”四字，左右两侧立柱次间的写字板上题有“谏臣”“辅弼”四字，背面明间额

◇字民坊（梅城镇政府提供）

枋的匾额上题有“里仁”“为美”四字。而在正面雕刻有一图，故事为江公望力谏徽宗在皇宫内蓄养珍禽异兽是“玩物丧志”，徽宗因此尽驱珍禽异兽，并于龙头拐杖上刻写江公望名字以自省。这幅雕刻彰显了江公望直言敢谏的品德，含义颇深。

重建的字民坊位于字民路中段，它原先也是严州最为古老的牌坊之一。早在唐宋年间，严州古城十九个里坊制管理体系是以门坊建筑形式出现的。《严州图经・坊市》记载：“字民坊，旧名申政，在左厢建德县前。今移。”字民，即抚治、管理百姓的意思。宋度宗赵禥即位前，曾被敕封为严州遂安军节度使，即位后，赵禥颁发了《御制字民铭》。宋咸淳六年（1270）九月，建德知府余植将《御制字民铭》镌刻在石碑上，竖立在建德县衙门前，并将县衙前的申政坊改名为字民坊。清末太平天国期间，字民坊被毁。

重建后的字民坊为四柱三间五楼冲天式石牌坊，正面明间额枋的坊眼匾额上题有“字民坊”三字，两侧次间的题字板上分别刻有“莅事”“必公”。背面明间匾额上题有“德泽于民”四个大字。值得一提的是，字民坊的石刻十分精美，其中的人物画卷内容为“赈济灾民图”“宣读圣旨图”“农耕稼穑图”，画面形象生动，雕琢工艺十分细腻，充分体现了严州古牌坊石刻古风古韵的精湛艺术。

清朝耳目坊又称奕世恩纶坊，明万历四十四年（1616），严州知府华敦复为苏松巡抚毛一鹭建，原址在府前街三元坊北面。后遭太平天国战火，下额枋栋梁断裂。居住在附近的毛氏后裔于1920年对下梁进行替换重修。1960年，清朝耳目坊因其雕刻精美、历史价值较高而被列入浙江省三级文物保护单位。“文革”期间，该牌坊被砸碎。

毛一鹭，严州府遂安县（今属淳安县）十一都人，万历三十二年（1604）中进士，曾司理松江六年，颇有政声。他还资助编纂刊行《范文正公文集》，这是第一部刊行的范仲淹文集。因其政绩卓著，后擢升广东省巡按监察御史。天启五年（1625），升右佥都御史，巡抚应天，驻节吴中。

其时，宦官朋党之争激烈。宦党之首魏忠贤提督东厂，与兵部尚书、左都御史崔成秀狼狈为奸，陷害忠良，高攀龙、杨琏、左光斗、魏大忠等因此含冤而死。御史李应升、周宗建、黄尊素及前任苏松巡抚周起元、吏部员外郎周顺昌，忍无可忍，群起弹劾魏忠贤。天启六年（1626）三月，据传毛一鹭为取悦魏忠贤，与苏州织造太监李实一起，上疏诬陷周顺昌等东林党人。朝廷当即命令缇骑（锦衣卫属下人员）去苏州抓捕周顺昌等人。苏州市民激于义愤，万人云集，在颜佩韦、马杰、沈扬、杨念如、周文元等人带领下，拥进巡抚署，痛打缇骑，掀起了一场声势浩大的抗暴斗争。毛一鹭躲厕越墙而逃，连夜快马加鞭进京，向魏忠贤汇报此事。颜佩韦等五人被逮捕，魏忠贤下令就地正法，斩首示众，苏州市民将五人葬于虎丘前大堤上，后代称“五人墓”。魏忠贤向熹宗上奏此事，熹宗遂称毛一鹭为“清朝耳目，肱股之臣”。严州知府华敦复接到圣旨，立马在严州府衙前严陵郡治坊（今已圮）之南建造清朝耳目坊。

不过，“清朝耳目”四字，指的并非充当朝廷耳目，专门打人小报告诬陷好人的意思，它更确切的含义，应该是让官员在清晨时分要多听多审视的意思，希望官员要多听取民众呼声，了解民间疾苦，为朝廷分忧。因此，修建清朝耳目坊不仅是为了赞扬毛一鹭，还有对大明王朝歌功颂德之意。

正如严州文史专家、严州文化研究会会长陈利群所言，清朝耳目坊是一座典型的达官显贵坊，而且是一座有“历史污点”的牌坊，颇有争议，但这就是历史，因为它定格在万历四十四年。

祖孙科甲坊与前述开国侯坊颇有些关联，二者都与严州宋氏家族有关。开国侯坊是为纪念东晋开国侯宋兴与他的后裔、唐代名相宋璟而立，而祖孙科甲坊则是为宋兴和宋璟的后裔，明时的宋显、宋澄、宋应奎、宋邦机、宋贤立这些成功追逐科举功名而光宗耀祖的宋氏族人而立。

宋氏族人世居宋家湖畔，明时，严陵宋家人才辈出，在两百余年的时间里，族人中又有祖孙四代五人科甲题名，成为当地人传颂的美谈。这五人分别为：宋显，永乐十一年（1413）举人，曾授怀宁（今安徽省怀宁县）知县；宋澄，成化十三年（1477）举人，授高淳（今江苏省南京市高淳区）知县；宋应奎，嘉靖二年（1523）岁贡，授汉阳（今湖北省武汉市汉阳区）教授；宋邦机，万历元年（1573）岁贡；宋贤，天启二年（1622）进士，授常熟（今江苏省常熟市）知县，后擢升御史，巡按湖广，入掌河南道，再任山西巡抚，升为兵部侍郎。明时严州宋氏族人之领风骚，由此可见一斑。

祖孙科甲坊原立于东门街塞北桥旁，可称东门街上最宏伟的石牌坊。1934年毁于一场大火，2019年10月重建。该牌坊为四柱三间七楼歇山式建筑，四个基座均为独块巨石制成，四根立柱正背面与基座连接处各有一对狮子。正面明间额枋和题字板共分四层，在中间的匾额上题有“祖孙科甲”四个大字，匾额下面的大字板上写有旌表铭文，由严州书画师王关福所书。正面左右两侧的下额枋写字板上，分别题有“严陵”“望族”。牌坊正面檐口下的小龛上，置有一块雕满龙凤花纹图案的龙凤牌，上有“恩荣”二字，以体现此牌坊的等级。

该牌坊背面左右两侧立柱下檐的题字板上，分别题有“春风”“有脚”，这是对唐代名相宋璟的赞美。宋璟两度为相，勤政亲民，深得民心，人们说他就像长了脚的春天，走到哪里，就会给哪里带来温暖。这份赞美，在前述开国侯坊上也有体现。

重建于2019年8月的都宪坊位于东门街观音弄口原址，为两柱单间硬山式建筑。正面明间额枋下沿的题字板上，有铭文概述此坊的来历和徐贯的功绩："明严州知府李德恢为徐贯立。贯，淳安人，天顺元年进士。官至右副都御史，进工部尚书。为政间安边有绪，战功显赫，治水有方，卒赠太子太保。"

背面明间额枋的题字板上有"太子太保"四字，明间下额枋的题字板上另有铭文："严州古城有都宪坊两座，明万历年间严州知府李德恢为建德籍御史徐怀立，在府治西，此坊为淳安籍太子太保徐贯立。"再次说明了此坊的来历，以及与另一座都宪坊的区别。

富寿坊为严州古城中最为古老的牌坊之一，最早称"易俗坊"，淳熙《严州图经》中改称"阜俗坊"，到明万历《严州府志》中又称"富寿坊"。"富寿"与"阜俗"谐音，二者关系如何，已不得而知。富寿坊旧址在东门街，后毁于太平军战火。2019年9月在本轮小城镇建设和严州古城恢复工程过程中幸得重建，仍位于东门街上。

重建的富寿坊为四柱三间三楼歇山顶建筑。牌坊正面明间的坊眼匾额上题有"富寿坊"三字，明间下层的题字板上有严州书画家邓志春书写的铭文："旧名易俗，宋淳熙中改阜俗，盖取俗阜人和之意。久废，明成化十五年严州知府朱暟重建，更名富寿，己亥秋复建于东门街，与清同治年间知府戴槃所建范公祠邻近。"这就把富寿坊的来历以及它的方位交代清楚了。

富寿坊明间檐口下的龙凤牌上题有"圣旨"二字，表明牌坊的等级和荣耀，正面左右两侧次间的写字板上，各题有"文武""殊品"，表示严州一地人才辈出。牌坊背面明间坊眼匾额上题有"俗阜人和"四字，左右两侧次间下额枋的写字板上各题有"将相""垂勋"。

瞻赏富寿坊，其正面和背面次间左右两侧共四幅浮雕不可遗漏。这四幅人物故事浮雕生动精致，富有历史厚重感，其文化内涵十分丰富。一幅为“文人唱和”，体现文人墨客在严州山水间寻觅灵感、互相唱和的情景；一幅为“江上渔夫”，表现江上捕鱼的场景，一渔夫正撒开渔网，另一渔夫则在奋力摇橹，富春地方特色浓郁；一幅为“江边送行”，在船上，艄公撑篙停船，书童牵马上船，主人则拱手示谢，在岸边，送行者拱手道别，童子则手捧酒壶在后侍立；一幅为“田园牧归”，农夫荷锄在前，三头牛尾随其后，有牧童骑在牛上，一手指着前方的父亲，回头又与母亲说话，好一幅温馨安适的暮归图。

第六章

筑就文化之魂，润泽千年古府

第一节　澄清门，慨然有澄清天下之志

一座初筑于660多年前的城门，经历了诸多世事变迁，2014年7月修葺一新后重新打开。澄清门是严州的南大门，登上城楼，举目远眺，三江口汇合处，雄姿清晰可见。面对澄澈的江水，慷慨激昂、澄清天下的远大志向会在你胸中激荡。

在严州古城，最重要的城门，当然是澄清门了。

有关严州（睦州）的筑城史，前文已有介绍。严州（睦州）最早的筑城记载是在唐中和四年（884），镇海节度使周宝的部将陈晟凭借武力，从黄巢起义军手中夺取了睦州，遂在此筑起“周回十九里”的罗城。

宋徽宗宣和三年（1121），方腊既平，知州周格重筑城郭，将城池缩为十二里二步，将西湖划到城外，但八座城门有了确切的名称：东曰望云门，南曰定川门、安流门，西曰安泰门、和平门，北曰嘉觃门，东北曰百顺门，西南曰善利门。岁月流逝，城垣免不了要经常加固，南宋嘉定六年（1213），知州宋钧复筑严州城，改“东西八百二十有二丈，南北三百四十有四丈”。

南宋德祐二年（1276）二月，元军攻陷南宋京城临安，改建德府为建德路。元世祖忽必烈在征伐南宋的过程中，每攻占一个城市，即命将城墙拆毁，以示统一。严州城墙也不例外。元至正十八年（1358），李文忠攻下严州，改建德路为建安府。据万历《严州府志》卷三载，元至正二十一年（1361）五月，李文忠在严州城的基础上着手改建为建安城，均为夯土所筑。改八门为五门，东曰兴仁门，南曰澄清门，西曰和义门，北曰拱宸门，西北曰武定门，各有城楼，护以月城。并筑水门四：一在拱宸门西，一在建安山与秀山之间的水岸门，一在兴仁门左，一在和义门，南通西湖。这便是严州城最后一次筑城，城垣的形制由此固定下来。五座旱门中，即有位于南首的澄清门了。

即便是从公元1361年算起，澄清门的历史也已经有660多年了。

城墙本身就是古代军事防御设施，是由墙体和其他辅助军事设施构成的军事防线，城门则是城墙下进出的通道。李文忠重筑严州城，本来就是军事行为，目的在于防御敌方来攻，所以对于城墙以及城门、城楼的设计，都尽量考虑军事所需。澄清门面朝三江口，北接正大街，城垣重筑之后已是严州的南大门，所以被称为大南门，又是整座城池的门户，其重要性自不待言，其建筑的完备和坚固程度可想而知。

澄清门对严州城垣至关重要，因此，其城楼之下，门洞之外，又筑有月城，以加强防护作用。当敌人攻城时，守方度敌我情势，会故意让敌人进入月城，随即垂门关闭，将入侵者消灭于月城之中。月城形制类瓮，若逢战事，则可施以“请君入瓮”“瓮中捉鳖”之策，因此月城又被称为“瓮城”。澄清门应是在李文忠重筑城垣时即已拥有月城，即在澄清门往南20米左右，又设了第二道门，形成一个月城。据年长者回忆，至民国期间，澄清门月城内道路两旁还各开了四家店铺。这座月城在澄清门最近一次重建时依旧保留。

◇严州古城澄清门（梅城镇政府提供）

昔日的澄清楼即有两层。战时，城楼用于斥候警远，三江口及周边一有风吹草动即可瞭望。在无战事的年月里，城楼又成为观览山水风光的绝好去处。明万历年间，曾任严州府同知的唐仲贤，吟有《城楼春望》诗："吴越东南一望赊，只看当境思无涯。江横石窟涛翻雪，地近烟村径绕花。"到了清代，澄清楼仍是凭栏赏景之处。康熙四十二年（1703）进士、历官工科掌印给事中的詹嗣禄的《登郡城南楼》诗云："随兴登临亦壮哉，江楼好景共徘徊。山悬瀑布蒸云湿，春到名花冒雨开。二水纵横萦曲岸，双峰崒嵂拥城隈。闲吟正值斜阳暮，樵牧相逢一笑回。"

明洪武之初，天下太平，澄清楼常被用作饮宴行乐之所。官拜右丞相、爵赐忠勤伯的汪广洋有《宴建德南楼》一诗："绮席张新宴，华裾纵合欢。蔗浆调碧碗，鱼鲙缕冰盘。高阁宜开晚，轻衣不受寒。坐闻弹锦瑟，凉月在阑干。"

然而，尽管澄清门位居险要，其城楼高大雄伟，但因严州一地濒临大江，常遭水患，社会动荡，兵燹也不时降临，城垣和城楼遭到毁损仍是难以避免的。比如水灾，明天顺四年（1460）六月，严州六县水灾为患，淹没良田屋舍无数，严州府城也成一片汪洋；清康熙二十二年（1683），严州府自春迄夏，淫雨连绵，二麦无收，城池被淹。这些水灾对城垣和城楼多有损坏。

明嘉靖三十九年（1560），知府韩叔阳、建德知县胡汝励增筑堞台千户。崇祯十六年（1643），知府胡崇德砌城砖五尺，从此夯土城墙开始用砖包砌。清道光十九年（1839），严州知府于鼎培整修严州城，次年十月告成，澄清门也得到了修葺。太平天国时期，城墙曾被轰塌多处，城内部分民房亦被战火焚毁，市民无家可归。同治三年（1864）春，孙得标等在澄清门外江堤上建造了若干简易房，供无家可归的难民暂作栖身之地。

同治十二年（1873），严州知府宗源翰再修严州城。光绪二十七年（1901）十月，知府刘宗标又与建德知县伊湝一起筹款修葺城墙。但到了1916年春，时任建德县知事夏曰璈见严州古城澄清门等各座城楼有倾颓之势，不但不组织修复，反而下令将城垣上的六座城楼全部拆毁。县知事要拆毁城楼的消息很快传开，严州居民一片哗然。城中有识之士力请保留临江的“澄清”“福运”两座古城楼，并由百姓自筹资金，进行修缮，县知事方才应允。这样，大小南门上的两座城楼得以保留下来，其余四座城楼均遭拆毁。

数度修葺的澄清门一直蹲踞在三江口，但到了抗战时期，日军飞机时常空袭时为建德县城的严州古城，城区、福运门外、澄清门对面、北门（武定门）外等处都挨了炸弹。因居民在逃生时，窄小的城门洞和城墙往往成为障碍，建德县政府根据当时的《重要县城实施拆除城